Max Aub
Am Ende der Flucht

SERIE PIPER

Zu diesem Buch

Paris, Ende der dreißiger Jahre. Die Stadt an der Seine ist überlaufen mit Flüchtlingen, Emigranten und Heimatlosen. Jules Hoffmann, ein junger Geschäftsinhaber, gerät in die Mühlen der Justiz. Anstelle seines in Spanien kämpfenden Bruders wird er im Zuge einer Polizeiaktion gegen illegale Einwanderer im Sportstadion Roland Garros, danach im Konzentrationslager Vernet inhaftiert. Während seine Frau Marie verzweifelt um seine Freilassung kämpft und sein Bruder in Paris auftaucht, marschieren die Deutschen in Frankreich ein … In einem einzigartigen Pandämonium setzt Max Aub das Schicksal von Jules und anderen Verhafteten zu einem schillernden Mosaik der europäischen Tragödie zusammen.

Max Aub, am 2. Juni 1903 in Paris geboren, starb am 24. Juli 1972 in Mexico City. Als Sohn eines Deutschen und einer Französin lernte er erst mit vierzehn Jahren Spanisch, als die Familie nach Valencia emigrierte. Er war befreundet mit Ernest Hemingway, André Malraux und vor allem Pablo Picasso. Er kämpfte im Spanischen Bürgerkrieg und gab als Kulturattaché in Paris 1937 den Auftrag an Picasso für »Guernica«. 1940 bis 1942 in Konzentrationslagern, ab 1945 im Exil in Mexiko.

Max Aub
Am Ende der Flucht

Das Magische Labyrinth V

Aus dem Spanischen von
Albrecht Buschmann und Stefanie Gerhold

Herausgegeben und kommentiert von
Mercedes Figueras

Piper München Zürich

Die Arbeit an dieser Übersetzung wurde gefördert
vom Deutschen Übersetzerfond.

Von Max Aub liegen in der Serie Piper vor:
Die besten Absichten (2703)
Der Mann aus Stroh (2786)
Jusep Torres Campalans (2787)
Nichts geht mehr (2788)
Theater der Hoffnung (2789)
Blutiges Spiel (2790)
Die Stunde des Verrats (2791)
Am Ende der Flucht (2792)

Ungekürzte Taschenbuchausgabe
Piper Verlag GmbH, München
April 2004

Titel der spanischen Originalausgabe:
»Campo francés«

Umschlag/Bildredaktion: Büro Hamburg
Isabel Bünermann, Friederike Franz,
Charlotte Wippermann, Katharina Oesten
Foto Umschlagvorderseite: Walter Limot/akg-images
Foto Umschlagrückseite: Archivo Biblioteca Max Aub
Satz: Petra Wagner, Hamburg
Druck und Bindung: Clausen & Bosse, Leck
Printed in Germany ISBN 3-492-22792-9

www.piper.de

Vorbemerkung

»Unter der Obhut ihrer älteren Geschwister, *Wirklichkeit* und *Der Großvater*, kommt diese *Kassandra* zur Welt, gleichsam ein *verdichteter Roman* oder ein *ausgeweitetes Theaterstück*, beide Bezeichnungen wären möglich. Ich sollte nicht verheimlichen, daß ich diese Untergattung liebgewonnen habe, die hervorgegangen ist aus der Kreuzung von Roman und Theater, zwei Geschwistern, die auf der Suche nach Abenteuern Literaturen und Gesellschaften durchwandert haben und es nun müde sind, allein und unabhängig durch die Welt zu ziehen. Und so hat es den Anschein, als wollten sie eine Bindung eingehen, die intimer und fruchtbarer ist als unter Geschwistern üblich. Die heutige Zeit verlangt vom Theater, daß es das analytische Vorgehen nicht samt und sonders verabscheue, und vom Roman, daß seine Handlung weniger behäbig voranschreite und sich die Zielstrebigkeit zum Vorbild nähme, mit der die szenische Kunst menschliche Taten vorführt.

Zwar verbietet ein Gesetz der Natur, unterstützt von ehernen sozialen Regeln, dem Menschen die Geschwisterehe, doch in der Literatur sollten wir die inzestuöse Verbindung weder verurteilen noch fürchten oder gar in ihr einen Angriff auf die heilige Moral und die guten Sitten sehen. Eine solche Verbindung kann keine Blutschande sein, vielmehr reinigt und veredelt sie und bringt jedem der beiden Gatten Glanz und Erhabenheit. Vermählen wir also die Geschwister

Theater und Roman, kirchlich oder zivil, hinter oder vor den wackeligen Altären der Rhetorik, wie es eben geht, und erwarten wir die muntere, kräftige Abkommenschaft, die dieser glücklichen Verbindung entspringen mag.

Natürlich gibt es in unseren Werkstätten noch kein Modell, das uns eine Vision von dieser hybriden Familie geben könnte. Ohne Zweifel wird es unsere Aufgabe sein, den Wildbach des Dialogs zu bändigen, ihn einzuschränken auf das Treffende und ihn in neuer und feiner Kunst zu verbinden mit den schönsten Formen des Erzählens ... Sicher wird es nicht an ingeniösen Geistern fehlen, dies und noch viel mehr zu tun. Die jungen Baumeister, mit Schaffenskraft, Begeisterung und einem langen Leben vor sich, werden das Haus errichten für die Ehe von Roman und Theater.«

Dies schrieb Benito Pérez Galdós als Vorbemerkung zu *Kassandra.* Dem habe ich weder gedanklich noch rhetorisch etwas hinzuzufügen, um die Form von *Am Ende der Flucht* zu erklären, man lese im vorangehenden Text lediglich *Kino*, wo Galdós *Theater* schrieb.

Kino und Fernsehen sind heute aus der Literatur nicht mehr wegzudenken, genauso wie das Theater oder die für jedermann erschwinglichen Taschenbücher. Das beweist ein Blick in die zum Trivialen neigenden Zeitschriften, die diesen Sparten einen beachtlichen, wenn auch nicht immer beachteten Platz einräumen.

Ich habe nicht unbedingt vor, der langen Serie meiner Erzählungen über den Großen Spanischen Bürgerkrieg diese weitere hinzuzufügen, und wenn ich hier eine dem Drehbuch nahestehende Form benutze, dann nicht aus einer Laune heraus, sondern weil ich glaube, daß es bereits ein Publikum gibt, dem die Trennung von Bild und Dialog, auch auf einer Buchseite, es eher erleichtert denn erschwert, einer Geschichte klar zu folgen; daß sie selbst Geschichte ist, steht auf einem anderen Blatt.

Durch die eingeschobenen Meldungen und Zeitungsschlagzeilen erübrigen sich alle Beschreibungen historischer Ereignisse. Der Leser hat sie entweder sowieso im Kopf, oder sie sagen ihm, wenn dies nicht der Fall ist, ohnehin nicht viel, selbst wenn sie ihm mit größerer Ausführlichkeit erklärt werden würden. Wir alle profitieren davon, und sei es nur durch die Zeit, die wir sparen.

Für den Fall, daß Sie sich wie so manch anderer heute von einem Roman leichtverdauliche Kost erwarten, lassen Sie es gleich hier, nach der ersten Kostprobe bleiben, denn was nun folgt, hat mit derlei Lektüre nichts zu tun.

In dreiundzwanzig Tagen Überfahrt, von Casablanca nach Veracruz im September 1942, habe ich *Am Ende der Flucht* geschrieben. Jede Szene, jedes Detail habe ich selbst erlebt; daraus entstand – in einem Moment der Verzweiflung – das Theaterstück *Morir por cerrar los ojos (Sterben, weil man die Augen verschließt)*. Sollte irgend jemand sich einmal dafür interessieren, was – anders als üblich –, vom Kino aufs Theater übergeht, kann er oder sie den Vergleich anstellen.

Ereignisse wie Szenen sind authentisch, und ich glaube, dies sind die ersten in dieser Technik aufgeschriebenen Erinnerungen. Zwei Jahre (1938 bis 1939), in denen ich in Kategorien des Kinos – *L'Espoir* – dachte, brachten mich ganz von selbst dazu. Dabei wechselte ich direkten Weges vom *Filmset* ins Konzentrationslager. Die Notizen, die ich mir gemacht hatte, meine Erinnerungen, fügten sich auf der Leinwand aneinander. Ich erfand einen Handlungsstrang, um das Publikum für meine Dokumentation einnehmen zu können. Alle Personen, mit Ausnahme der Hauptfiguren, sind wirklich. Für andere mag das nicht von Belang sein, für mich schon. (Hier zählt es: das ureigentliche Recht des Autors.) Das folgende enthält nichts Persönliches, was eine merkwürdige Behauptung sein mag angesichts meiner Versicherung, dies seien Erinnerungen. Ich war Auge, ich sah alles, was ich darbiete, aber ich stelle mich selbst nicht dar; ich notiere lediglich die Dinge mit meinem Grips, und der ist nicht der schärfste; einmal mehr bin ich Chronist.

So weit, so gut, auf halbem Weg drängten sich mir meine erfundenen Figuren auf, und mir blieb nichts anderes übrig, als mich teilweise von ihnen führen zu lassen. Dabei handelt es sich jedoch mitnichten um Unamunismus, sondern einfach um das menschliche Gesetz, das den Vater an seine Kinder bindet, und um eine gewisse Verantwortung gegenüber dem Leser.

Die Erzählung endet im Oktober 1940; darum taucht die französische Résistance nur skizzenhaft auf; das schien mir ausreichend, um alle an meiner Überzeugung teilhaben zu lassen – zu der ich nicht erst *a posteriori* gelangte –, daß das Pétain-Regime schnell und ruhmlos Geschichte werden würde.

Ich verarbeite einige Entdeckungen, die in jenen Jahren auch andere Spanier machten. Seitdem ist viel Zeit vergangen; die Reaktionen meines Jules Hoffman werden einem sicher einfach vorkommen: Die Konflikte der zwanziger und dreißiger Jahre haben etwas Gestriges, das ist mir nicht verborgen geblieben.

Aber man tut was man kann, und sei es noch so wenig, mit der Überzeugung, daß alles eine wie auch immer geartete Spur hinterläßt und der Zukunft dient – wenn es denn eine gibt.

Die Kunst des Kinos – die den Roman meiner Zeit sehr geprägt hat – besteht darin, die Entfernungen zwischen Objekt und Objektiv genau zu justieren, die Ferne oder Nähe eines Bildes zu messen; sie liegt in der Fähigkeit des Regisseurs, mit räumlichen und zeitlichen Dimensionen zu manövrieren. (Das Theater ist hierarchisch, primitiv, die Entfernung des Schauspielers zum Zuschauer starr.) Zudem ist das Kino Bild, das heißt Literatur. Wie Calderón schon sagte: »Illusion, die man sieht, Illusion, die man hört«.

Andererseits ist die Poesie, also die Literatur, das Verhältnis – schon wieder geht es um Entfernungen – des Menschen zum Tod, vorausgesetzt, man bedenkt folgende grundlegende Unterscheidung: daß jeder Mensch für sich auf die Zerstörung zustrebt, auf den Tod; und die Welt, die Menschheit, auf das Leben.

Wegen Dostojevskij heißt diese Szenenfolge weder *Aufzeichnungen aus einem Totenhaus* noch *Die Idioten*, was eigentlich maßgeschneidert wäre: Idiot, von Griechisch *idiotes*, ursprünglich, bevor es Synonym für Depp, Dummkopf oder Blödian wurde, ein Mensch, der nichts von der Regierung seines Landes wissen will.

Diese Seiten erscheinen fünfundzwanzig Jahre nachdem der Vorhang über den Großen Spanischen Bürgerkrieg gefallen ist: und obwohl er bald zwei Generationen zurückliegt, fließt in den Adern der Nachfahren das gleiche Blut. Dieser Krieg, der zwischen zwei viel größeren stattfand, hat dennoch für den Geist eine Bedeutung wie keiner der beiden anderen. In diesem Krieg wurde noch etwas anderes aufs Spiel gesetzt als das Leben. Erdöl, Kolonien, Gold waren weder sein Antrieb noch sein entscheidender Grund. Der ethische Zorn, Gerechtigkeit und das Recht selbst setzten ihre Existenz aufs Spiel und verloren sie, jedenfalls zeitweise. Zu einem Geschehen dieses Ausmaßes konnte es nur in einem Land kommen, das der Realität so fern ist wie Spanien. »Wir haben sie verloren, jeder auf seine Weise, und wir ziehen aus, sie zu suchen«, prophezeite César Vallejo.

Mexiko, im Februar 1964

Katalonien, 30. Januar 1939.
Nacht. Auf dem Land

Ein Unterstand. Es regnet. Von der Traufe fallen dicke Tropfen in eine Pfütze. Der Morast. Zusammengepferchte Menschen. Ihr Dampf. Ein Esel, zwei nasse, aneinander gekauerte Hunde. Ein schlafendes Kind mit einem Stoffhasen im Arm, ein weinender Säugling, die Frau, die ihn bei sich hat, holt ihre Brust heraus, legt ihn an, blickt nach oben. Der Regen. Die Frau versucht, mit den Füßen einer Pfütze auszuweichen, doch sie erreicht nichts weiter, als durch ihre Bewegung die Nebenleute zu stören. Weinende Kinder.

EINE ALTE FRAU: Wozu sind die Kinder gut?

Das Land. In der Nacht zeichnen sich kaum die kahlen Äste der Bäume ab. Regen und Stimmengewirr. Wind. Die Landstraße. Fast unsichtbar, gehende Leute.
Eine elektrische Lampe leuchtet auf; ihr Lichtkreis auf dem Boden schwenkt zu einem herabfallenden Koffer, der springt auf, sofort wird sein Inhalt naß: Frauenkleider; Hände, die die verstreuten, schlammverschmutzten Stücke aufheben.

EINE STIMME: Licht aus oder ich schieße ...!

Trappeln in der Dunkelheit. Die elektrische Lampe leuchtet die Gesichter derer an, die auf der Landstraße gehen. Die Mehrzahl der Menschen schmutzig, naß, zerlumpt.

STIMMEN: Verdammte Scheiße! Sie können uns sehen! Bist du verrückt? Licht aus!

STIMME DESSEN MIT DER LAMPE: Wie sollen die uns sehen, bei diesen Wolken?

KRÄFTIGE STIMME: Licht aus!

Ein Schlag. Die Lampe fällt zu Boden, erlischt.
Am Horizont beginnt es zu dämmern. Die Landstraße und ihre Umgebung. Die Leute wie ein Fluß. Neben der Straße kommen die zu sich, die unter den Bäumen die Nacht verbracht haben. Auf dem Asphalt: Soldaten, Kinder, Frauen, Alte, Wagen, Verwundete. Es regnet noch immer. Hupen. Schreie. Ein Auto kämpft sich gegen den Strom vor. Langsam treten die Leute zur Seite.

GUARDIA DE ASALTO: Wohin fahrt ihr?

FAHRER: Nach Gerona.

GUARDIA: Sie sind schon dort ...

FAHRER: Blödsinn! Wohin gehst du?

GUARDIA: Nach Frankreich. Es ist doch nichts mehr zu machen ...

Ein Alter schaltet sich ein.

ALTER: *(Zum Fahrer)* Wie viele Kilometer sind es noch bis zur Grenze?

FAHRER: Fünfzig und nochwas.

Menschengedränge um das Auto.

EINE FRAU: Die Landstraße ist abgeschnitten ...
EINE ANDERE: Sie sind schon dort.
FAHRER: Wo, dort?
EIN SOLDAT: Sie sind in Rosas an Land gegangen.
EIN ALTER: Was ist los?
EIN ANDERER ALTER: Bei Puigcerdá, sagen sie ...
EIN KIND: Ich habe Hunger ...

Die Leute strömen weiter. Hupen.
Eine Alte sackt auf die Böschung nieder, sitzt und weint. Das Auto fährt weiter. Die Leute drängen in die entgegengesetzte Richtung. Es ist Tag geworden. Ein Gelähmter im Rollstuhl, den ein junges Mädchen schiebt; ein Kind, das eine Kiste hinter sich herzieht; zwei Alte; eine Frau mit einem Mädchen. Eine Familie; der Großvater, die Mutter, das Mädchen.

GROSSVATER: Los ...!
MÄDCHEN: Wohin gehen wir ...?
GROSSVATER: Wo es keine Faschisten gibt ...
MÄDCHEN: Mama, wie leben denn die Faschisten?
DIE MUTTER: Was meinst du?
MÄDCHEN: In Höhlen ...

Dahinter drei Wagen, bis oben hin mit Hausrat beladen. Ein Pferd spitzt die Ohren. Entfernte Detonationen.

EIN ALTER: *(Zu dem Pferd)* Hüuh ...! Hüuh ...!

Das Pferd sträubt sich. Die Leute schieben an den Radspeichen, um den Wagen zur Seite zu wuchten. Es hat aufgehört zu regnen. Der Fluß der Menschen auf der Landstraße schwillt an. Die Detonationen kommen näher.

Entgegen der Richtung des Exodus' rückt langsam ein Tanklastwagen voran.

Flugzeuglärm. Die Wolken reißen auf. Die Leute sehen sich angsterfüllt an. Am Himmel wenige Wolken. Flugzeuglärm. Ein Hund, unter einen Wagen gebunden, weigert sich weiterzulaufen; sie zerren an ihm, der Hund in panischer Angst. Leute auf Knien im Graben, zum Himmel aufblickend. Weit weg, die Flugzeuge. Die wilde Flucht der Leute. Eine Frau, die querfeldein läuft, mit einem Kind auf dem Arm und einem anderen an der Hand; eine Gruppe hinter ihr her, andere laufen an ihr vorbei. Das Gesicht des Kindes, erschrocken.

Der Straßengraben voll mit Menschen. Mitten auf der Landstraße der Gelähmte in seinem Rollstuhl, verlassen, allein. Der Hund jault, zwischen den Wagenrädern festgebunden. Ein Soldat hinter einem Baum in Stellung, kniet, das Gewehr angelegt zum Schuß. Leute auf dem Boden.

STIMMEN: Runter! ... Runter! ... In Deckung! ... Legen Sie sich auf den Boden!

Der Soldat blickt zum Himmel, entschlossen. Ein Leutnant legt die Hand an seine Pistole, läßt von ihr ab. In der Ferne laufen einige Leute. Eine sitzende Frau an der Böschung der Landstraße, wie weggetreten. Der Himmel. Die Flugzeuge immer näher. Eine Frau auf Knien mitten auf dem Feld, die Arme ausgebreitet.

DIE FRAU: Vater unser im Himmel ...

Der Himmel: die Flugzeuge immer näher. Das ferne Rattern eines Maschinengewehrs. Die Landstraße, die Wagen, zurückgelassener Hausrat; der Tanklast-

wagen; in der Ferne eine Brücke, ein kleiner Fluß. Niemand.
Der Flugzeuglärm kommt näher. Maschinengewehrgarben über dem Fluß, auf der Erde. Die Garbe geht über einen Mann hinweg, seine Hände im Nacken, Blut tritt zwischen seinen Fingern hervor. Auf der Landstraße ein Fächer Brandbomben, auf den Tanklaster gezielt. Nach jeder Explosion Gesichter, von Männern, Frauen, Kindern, dem Hund. Das Dach des Unterstands, der am Anfang zu sehen war, auf einmal von Kugeln durchsiebt. Die Landstraße: der brennende Lastwagen. Ein Kind, das querfeldein läuft, weit weg, klein, es hält sich einen Arm. Stürzt. Sich entfernender Flugzeuglärm. Ein Schrei. Ein Klagen. Ein Kilometerstein: Frankreich, 35 Kilometer. Stille. Eine Eidechse lugt zwischen zwei Steinen am Rand der Landstraße hervor; als die Leute sich in Bewegung setzen, schlüpft die Eidechse zurück. Der Soldat wirft sein Gewehr fort, setzt sich auf den Kilometerstein. Das Trappeln der Schritte wird lauter. Irgendwo ein Schrei, Rufe.

STIMMEN: Pierre! Louis! Großvater!

Erneut vereinigt sich der Fluß des Exodus', führt an dem nun ausgebrannten Lastwagen vorüber. Einige Soldaten stürzen ihn um, um den Weg freizuräumen. In Gegenrichtung kommt, der Front entgegen, ein Bataillon Soldaten herauf. Die stählernen Kompanien *singend:*

Die stählernen Kompanien
ziehen singend in den Kampf!
Ihr Gemüt ist fest,
sicher und hart
die Hand!

Die stählernen Kompanien
ziehen singend in den Kampf!
Die stählernen Kompanien
sind geschmiedet aus Stahl,
und werden siegen alsdann!

Die Soldaten, aus Sicht der Menschen auf der Flucht. Der Exodus, aus Sicht der Soldaten. Die Leute halten an. Der Soldat, ohne Waffen, versteckt sein Käppi; drei andere sehen sich an und schließen zu den Soldaten auf, die weiterziehen.

BEFEHLENDE STIMME: Halt ...!

Das Batallion bleibt stehen.

STIMME: Rast ...!

Jean, ein Soldat, setzt sich an die Böschung am Straßenrand, zieht ein Papier aus der Tasche seines Feldhemdes und beginnt zu schreiben. Er fragt einen Kameraden.

JEAN: Hast du eine Briefmarke?
EIN ANDERER SOLDAT: Ich glaube ja.

Der andere Soldat zieht einen Bleistift hervor, Papiere, ein Feuerzeug, ein Messer, einen Damenstrumpf.

ZWEITER SOLDAT: Wenn ich wüßte, wo ich sie hingesteckt habe ...
JEAN: *(Zu einem anderen)* Hast du eine Briefmarke?
STIMME: Ich habe eine.

Ein Soldat, sauber, sogar elegant, zieht seine Brieftasche hervor, reicht ihm eine Briefmarke.

JEAN: Danke ...

Jean klebt die Briefmarke auf einen Umschlag. Auf der Briefmarke das Gesicht von Pablo Iglesias.
Dieselbe Briefmarke, die später vom Umschlag abgelöst wird. Auf dem Umschlag die Adresse:

M. Hoffman
17, rue Garchery
Paris, 20, France

Portiersloge und Treppenhaus eines bescheidenen Mietshauses in Paris. Tag

Die Briefmarke, wie sie von einem alten, schnauzbärtigen Briefträger abgetrennt wird.

BRIEFTRÄGER: *(Zur Portiersfrau)* Sie sagen es ... Womöglich wird man von diesen Briefmarken nicht mehr viele zu Gesicht bekommen. Sie ist für den Jungen ... Als Erinnerung ... Eine Schande.

Die Portiersfrau, fett, zuckt die Schultern.

PORTIERSFRAU: Was geht mich das an.

Der Briefträger entfernt sich Richtung Hausflur; die Portiersfrau beginnt, mühsam die Stufen hochzusteigen.

PORTIERSFRAU: Schön brav zu Hause bleiben und sich mit niemandem anlegen …

Der Briefträger, von oben gesehen.

BRIEFTRÄGER: Und was, wenn sich jemand mit Ihnen anlegt …?

PORTIERSFRAU: Das soll sich einer trauen!

Die Portiersfrau erreicht den ersten Treppenabsatz, klingelt an der Tür und schiebt unter ihr einen Brief durch.

PORTIERSFRAU: Die Post …

Die Portiersfrau setzt keuchend ihren Aufstieg fort. Im zweiten Stock klingelt sie wieder an einer Tür, die sich einen Spalt öffnet, durch den eine Alte herausschaut.

PORTIERSFRAU: Guten Tag, Madame Thétard.

DIE ALTE: Guten Tag, Madame Bouchier.

PORTIERSFRAU: Wie geht's? … Und der Kleinen?

DIE ALTE: Besser … Glauben Sie, sie werden sie mir wegnehmen?

Zwischen den Röcken der Alten lugt der Kopf eines Mädchens hervor.

PORTIERSFRAU: Wer soll das wissen, bei all dem, was man heute mit ansehen muß …

Brodelnde Geräusche, die Alte stürzt weg.

DIE ALTE: Die Milch …!

MÄDCHEN: Auf Wiedersehen, Madame Bouchier …

Das Mädchen schließt die Tür; die Portiersfrau setzt ihren Aufstieg fort. Der nächste Absatz; die Portiersfrau bückt sich vor der Tür, man sieht ihre breiten Hüften; sie schiebt einen Brief und eine Zeitung durch den Schlitz, richtet sich auf, klopft an.

PORTIERSFRAU: Die Post …

Jules' Wohnung

Sehr enges Badezimmer. Jules putzt sich die Zähne, ruft:

JULES: Marie!
STIMME MARIES: Ja …

Jules im Spiegel:

JULES: Ein Brief?
MARIE: Ja, von deinem Bruder …
JULES: Wurde auch Zeit … gib her …
STIMME MARIES: Iß erst fertig, der Kaffee wird kalt.

In der Küche sitzt Marie an einem mit Wachstuch bedeckten Tisch, auf dem das Frühstück bereitsteht, und liest den Brief. Jules kommt herein, zieht sich das Jackett an. Eine Wohnung der unteren Mittelschicht, mittelmäßiger Geschmack.

JULES: Was schreibt er?

Marie reicht ihm den Brief.

MARIE: Lies.

Jules setzt sich, liest, rührt mit dem Löffel in seinem Kaffee, ißt eine eingetunkte Scheibe Brot. Mit vollem Mund:

JULES: Schon wieder an der Front ... Keine Ahnung, was zum Teufel ihn treibt. Hatte er es nicht gut hier? Gibt es etwas besseres als Paris? ...

Er steckt den Brief in die Tasche. Schlägt die Zeitung auf. Ißt. Marie sieht die Schlagzeilen von Le Journal, *30. Januar 1939: Schlagzeilen:* Hitler erklärt im Reichstag: »Deutschland hat keine territorialen Ansprüche an England und Frankreich, abgesehen von den Kolonien. Ich glaube an einen dauerhaften Frieden«.

JULES STIMME: Wenn er einen Arm verliert, ein Bein, ein Auge ... Wer gibt es ihm zurück?

Jules sieht auf seine Uhr. Neben ihm Marie, sitzend.

JULES: Zwanzig nach acht. Kommst du mit mir bis zur Métro?
MARIE: Ich muß bügeln.

Jules steht auf, tritt hinter Maries Stuhl, faßt ihr unter die Arme, zieht sie hoch und küßt sie.

JULES: Ich weiß nicht, was mir besser gefällt: dich vor oder nach dem Frühstück zu küssen ...
MARIE: Maulheld ...!

Jules geht hinaus.

JULES: Ein Held werd' ich anderswo noch werden …

Jules geht hinaus in den Flur, der klein ist, eng. Er schlüpft in den Mantel, Marie folgt ihm mit der Zuckerdose in der Hand, reicht ihm den Hut.

JULES: Adieu …

Sie küssen sich.

MARIE: Komm nicht so spät, heute gibt's zum Essen etwas, das du magst.

An der Grenze

Bourg Madame. *Ein Radio in einem Café, unter einem Kalender mit einer Abbildung des* Gastmahl von Emmaus, *von Veronese oder von Alfred Diethe (Dresdner Gemäldegalerie). Das Blatt zeigt den 5. Februar 1939 an, und, deutlich sichtbar, den Heiligenkalender:* Heilige Agathe, Jungfrau und Märtyrerin.

STIMME AUS DEM RADIO: Die besiegte spanische Armee ist dabei, die französische Grenze zu überqueren.

(Französische Nachrichten). *Spanische Truppen kommen durch die Dorfstraßen und legen ihre Waffen ab. Kalender: 6. Februar*, Heilige Dorothea, Jungfrau und Märtyrerin.
(Französische Nachrichten). *Spanische Truppen kommen die Straße entlang und werfen ihre Waffen auf einen Haufen.*

Kalender: 7. Februar. Der heilige Abt Romuald, Gründer des Kamaldulenserordens.
(Französische Nachrichten). *Spanische Truppen werden in ein Konzentrationslager überstellt.*
Kalender: 9. Februar. Der heilige Johannes von Mata, Gründer des Ordens der Heiligen Dreifaltigkeit, Erlöser der Gefangenen.
(Französische Nachrichten). *Konzentrationslager: Ansichten von Argelès, Septfonds, Saint Cyprien, Gurs, Vernet, dazwischen geschaltet Schilder, auf denen nacheinander zu lesen ist:*
1. Februar 1939: In Madrid trifft Doktor Negrín mit seiner Regierung ein, um den Kampf im Zentralen Abschnitt weiterzuführen.
27. Februar 1939: Großbritannien und Frankreich erkennen die Regierung General Francos an.
2. März 1939: Feldmarschall Pétain wird zum französischen Botschafter bei der Regierung General Francos ernannt.
5. März 1939: Aufstand von Oberleutnant Casado gegen die republikanische Regierung, um mit den franquistischen Kräften ein Abkommen zu schließen. Die Republikaner bekämpfen sich gegenseitig.
15. März 1939: Nazitruppen besetzen Böhmen und Mähren. Hitler marschiert in Prag ein.
21. März 1939: Baron von Neurath wird im Reich zum Protektor von Böhmen und Mähren ernannt.

Konzentrationslager, an einem Strand

Drei Männer in einem Loch zusammengepfercht, schützen sich so gut es geht vor dem Regen.

DER BELGIER: Ich kenne Indochina, Indien, ganz Afrika, England, Deutschland, Italien. Doch leben und sterben will ich in Spanien ...

EIN ANDERER BELGIER: Die engen Gäßchen ... die Plaza, die um fünf Uhr wie ausgestorben ist und um acht zum Brechen voll.

DER BELGIER: Was wir den Mädchen alles gesagt haben. Sieh, bevor ich nach Spanien gegangen bin, habe ich nicht gewußt, was Liebe ist: Überall wird sie gemacht, aber dort wird sie gefühlt. Alle Spanierinnen sind ehrbar.

DER DRITTE BELGIER: Auch die Nutten?

DER BELGIER: Auch die Nutten. *(Holt eine Fotografie hervor.)* Hier, das bin ich. Dort zählt der Name noch etwas.

DRITTER BELGIER: Hast du eine Zigarette?

Der Strand, endlos weit, Tausende zusammengepferchter Männer, eingezäunt von Stacheldraht.
Eine andere Gruppe, um eine Zeitung gedrängt. Die Zeitung; Datum, Schlagzeilen; die Fotos.

März 1939: Das Reich stellt Litauen ein Ultimatum, in dem es die Memel zurückverlangt.
26. März 1939: Benito Mussolini möchte Tunis, Dschibuti und den Suezkanal Italien angliedern.
28. März 1939: Benito Mussolini: »Tausende italienischer Offiziere können nun auf die Erfahrung zweier Kriege zurückgreifen: Abessinien und Spanien!«
März 1939: Hitler löst die tschechische Armee auf.

In Alicante warten die Reste der spanischen Armee vergeblich auf Schiffe, die sie evakuieren sollen. Die französische und die englische Regierung wagen es nicht, die von Franco verhängte Blockade zu durchbrechen.
1. April 1939: Francisco Franco verkündet seinen letzten Kriegsbericht, in dem er den Krieg für gewonnen erklärt.
April 1939: Italien marschiert in Albanien ein.

**Eine weite Landstraße,
in der Nähe das Meer**

Auf der Landstraße ein langer Zug von Armeeführern, Offizieren, Soldaten, Zivilisten, streng bewacht von senegalesischen Soldaten. Jean dreht sich um, um den Menschenstrom zu betrachten. Der Menschenstrom, aus der Sicht von Jean.

JEAN: *(Wie immer, mit einem Anflug von Ironie)* Trauriges Schauspiel.
CAAMAÑO: *(Der neben ihm marschiert)* In jeder Hinsicht.
JEAN: Ich weiß nicht warum, aber ich glaube, ich werde das nicht lange durchhalten.
CAAMAÑO: Wenn ich so gut Französisch könnte wie du ...!

Caamaño blickt aufs Meer. Hinter ihnen geht Casteras – blaue Augen, Katalane, klein, zerlumpt, undefinierbares Alter.

CASTERAS: Wozu? Ich bin dreimal entkommen: nur mit Hilfe von Mimik, ohne den Mund aufzumachen.

Ein fahrender Zug.

Das Innere eines Waggons dritter Klasse

Brechend voll. Ein Schaffner verlangt die Fahrkarten, knipst sie durch. Geht. Zwischen den Beinen der Fahrgäste lugt die Visage Casteras' vor.

Der Zug fährt in einen Bahnhof ein. Der Bahnhof

Der Ausgang. Ein Angestellter sammelt die Fahrkarten ein. Casteras geht hinaus. Zeigt über die Schulter, mit dem Daumen der geschlossenen Hand, den Arm angewinkelt, auf seinen Hintermann, um zu verstehen zu geben, daß dieser seine Fahrkarte hat. Der Angestellte, der mit dem Reisenden diskutiert, Casteras' Fahrkarte verlangt. Das Tosen des Meeres.

Die Landstraße

CASTERAS: Diesmal haben sie mich in einem eigenen Auto zurückgebracht – so wichtig ist man schon –, und die Polizei mit entsicherter Pistole. Ich habe ihm gesagt, daß es für mich ein Leichtes ist. Wollt ihr, daß wir heute nacht fliehen?

CAAMAÑO: Wann hast du die Grenze überquert?

CASTERAS: Vor Jahren!

JEAN: Was machst du hier bei uns?

CASTERAS: Mir ist das Blut hochgekocht ... Alles was nicht gerecht ist, bringt mich ...

Treppe in Jules' Haus

Der breite Rücken eines Mannes. Jules öffnet die Tür seiner Wohnung, ist im Begriff hinauszugehen, als er auf den Mann trifft, der gerade die Klingel hat drücken wollen.

MANN: Monsieur Hoffman?
JULES: Sie wünschen?
MANN: Polizei ...

Marie taucht hinter Jules auf.

JULES: Kommen Sie herein ...

Jules öffnet die Tür und tritt beiseite. Marie, starr vor Angst, läßt einen Löffel fallen. Der Polizist erschrickt.

POLIZIST: Was ...?
MARIE: Verzeihung ...

Sie bückt sich, um ihn aufzuheben. Jules tut dasselbe; sie stoßen mit den Köpfen zusammen.

JULES: Entschuldigung. Habe ich dir wehgetan?
MARIE: Nein, nein.

Der Wohnungsflur

Der Polizist tritt in den Flur ohne abzulegen. Jules öffnet die Tür in die Stube.

JULES: Kommen Sie, treten Sie ein.

POLIZIST: Sie müssen mit zur Präfektur kommen. *(Wendet sich an Marie)* Nur ein paar Fragen.

JULES: Ich wollte gerade meinen Laden aufmachen gehen.

POLIZIST: Sie werden ihn später aufmachen.

MARIE: Werden Sie ihn lange behalten?

POLIZIST: Keine Sorge, Madame, reine Routine. Gehen wir?

Treppenhaus

Jules und der Polizist gehen eine halbe Etage hinunter. Jules wendet sich zurück und sieht in Maries angsterfülltes Gesicht.

POLIZIST: Gehen Sie, mein Herr. Geben Sie Ihrer Frau einen Kuß.

Jules rennt wieder nach oben, umarmt Marie, rennt wieder nach unten. Die beiden Männer auf der Treppe. Das angsterfüllte Gesicht Maries.

Präfektur, Büro des Kommissars, vergammelt, dunkel

Der Kommissar im Gegenlicht. Jules ihm gegenüber sitzend. Dahinter zwei Polizisten.

KOMMISSAR: Sie wissen also selbst nicht, was Sie sind?

JULES: Was ich bin?

KOMMISSAR: Sie wissen nicht, ob Sie Deutscher sind, Österreicher, Ungar oder Jugoslawe.

JULES: Geboren bin ich in …

KOMMISSAR: Ich frage Sie nicht, wo Sie geboren sind, sondern was Sie sind.

JULES: Das ungarische Konsulat will mich nicht anerkennen, weil ich fünf Jahre lang nicht vorstellig geworden bin.

KOMMISSAR: Dann sind Sie also kein Ungar.

JULES: Bin ich schon.

KOMMISSAR: Sind Sie nicht.

Die beiden Polizisten lachen.

JULES: Doch.

KOMMISSAR: Sie sind in Spanien gewesen, bei den Internationalen Brigaden.

JULES: Nein, Monsieur.

Der Kommissar steht auf, tritt zu Jules, spöttisch, drohend.

KOMMISSAR: Ein Nichts sind Sie, Sie sollten es nicht einmal versuchen, mich hereinzulegen.

Er kehrt zurück an seinen Tisch. Schlägt eine Mappe auf, sieht ein paar Blätter durch, setzt sich.

KOMMISSAR: Am sechsundzwanzigsten September neunzehnhundertsechsunddreißig überqueren Sie bei Cerbère die Grenze.

JULES: Ich nicht, mein Bruder.

KOMMISSAR: Ihr Bruder? Ich bitte Sie!

JULES: Vor ein paar Tagen haben wir einen Brief von ihm erhalten.

KOMMISSAR: Wo ist er?

JULES: Zu Hause, wenn meine Frau ihn nicht weggeworfen hat.

KOMMISSAR: Wetten, daß sie ihn weggeworfen hat?

JULES: Warum wetten?

KOMMISSAR: Du hast recht. Gegen mich verliert man immer.

Der Kommissar studiert die Mappe.

KOMMISSAR: Schon seit langem mischst du in der Politik mit.

JULES: Nein. Glauben Sie mir. Ich habe nie irgendwo mitgemischt. Mein Bruder kehrte im August siebenunddreißig zurück, um sich auszukurieren, und ging wieder fort, ich weiß nicht, ob im September oder Oktober.

KOMMISSAR: Du willst mir erzählen, daß sie freiwillig in diesen Höllenpfuhl zurückgehen …?

JULES: Ich sage gar nichts, außer, daß ich nie in der Politik mitgemischt habe, und daß ich mich auch nicht dafür interessiere.

POLIZIST: Wovon lebst du?

JULES: Ich habe ein Geschäft für Radiogeräte.

POLIZIST: Wo?

Ein anderer Polizist kommt herein, schließt sich den Gürtel.

DRITTER POLIZIST: Fertig.

Der dritte Polizist nähert sich.

KOMMISSAR: Wurde auch Zeit.

DRITTER POLIZIST: Und der hier?

KOMMISSAR: Sehen wir gleich. Wo sagst du, hast du das Geschäft?

JULES: Rue Argenteuil, Nummer dreiundzwanzig.
KOMMISSAR: In Ordnung. Wenn es nicht die Wahrheit ist, wird es dir noch leid tun, das schwör ich dir.

Er sieht in die Mappe.

JULES: Wieso soll das nicht wahr sein?
KOMMISSAR: Wir gehen gleich hin. Du wartest solange hier.
JULES: Kann ich meine Frau benachrichtigen?
KOMMISSAR: Nein.
JULES: Aber ...
KOMMISSAR: Bist du taub? *(Zu den anderen Polizisten)* Macht schon!

Der dritte Polizist klopft Jules auf die Schulter; er steht auf.

KOMMISSAR: Erkundigt euch, und wenn es wahr ist ...

Ein altes, einfaches Restaurant, mit Spiegeln

Jules und Marie. Auf dem Tisch zwei leere Weinflaschen.

DER KELLNER: Noch ein Glas ...
JULES: Möchtest du einen Kirsch oder Cherry Brandy?
MARIE: Cherry.
JULES: Zwei Cherry Brandy.

Der Kellner geht weg.

JULES: He ... Bardinet, ja? *(Zu Marie)* Ich habe mich gewehrt. Und wie ich mich gewehrt habe! Wie ein wildes Tier. Am Ende mußten sie einlenken, und ›verzeihen Sie, Monsieur Hoffman, verzeihen Sie‹. Da hatte ich den Geistesblitz: Mir war nämlich nicht entgangen, daß in der Mappe Jules Hoffman angegeben war, so daß sie sich morgen schon – das sagte ich ihnen – vielleicht wieder irren würden ... Sie versicherten mir, daß ich beruhigt sein könne: ›Wir haben bereits einen Vermerk gemacht‹. Aber ich bestand darauf, ich bestand darauf ... Jawohl. Ich! Vor der Polizei ... Was sagst du dazu? Sie haben mich ins Archiv geführt ... Also gut, vor das Archiv: Ich blieb an der Tür stehen; und sie haben mir das Aktenbündel geholt. Liebenswürdig, zu liebenswürdig. Und wirklich war mein Name durchgestrichen und dafür Jean hingeschrieben, und dazu eine Anmerkung, die alles erklärt.

Der Kellner kommt zurück, serviert ihnen den Likör.

JULES: Du hättest sehen sollen, wie ich mit ihnen diskutiert habe, du hättest mich nicht wiedererkannt; wie ein Löwe, wie ein richtiger Löwe ...

Eine Kellnerin geht vorüber, Jules zieht ihr am Schürzenband, das daraufhin aufgeht, dann wendet er sich höchst zufrieden zu Marie.

JULES: Jippi ...!

Plattform eines Omnibusses

Leute dicht an dicht. Jules und Marie, Erdnüsse essend. Jules bricht die Schalen, steckt die Kerne Marie in den Mund, über die Schulter eines Herrn hinweg, der sich durch das Manöver belästigt fühlt; zum Vergnügen einer reiferen Frau, die von dieser Szene gerührt ist. Das Ruckeln des Autobusses beim Anhalten. Jules stößt mit dem Arm an den Hut des Herrn, der ihm einen zornigen Blick zuwirft.

JULES: Verzeihen Sie.

Jules streckt den Arm aus, um den Halteknopf des Omnibusses zu drücken. Ruckeln des Busses. Wieder berührt Jules Arm den Hut des Herrn.

JULES: Verzeihen Sie. Das Leben ist schön.

Der Herr, wutschnaubend, wechselt den Platz, dadurch freier Blick auf Casteras. Jules und Marie steigen aus.

Schlafzimmer von Jules und Marie

Jules, hemdsärmelig, schleudert mit dem Fuß einen Stiefel in die Luft.

JULES: Jippi!

MARIE: Jules ... Denk daran, in der Wohnung unter uns schlafen Leute.

JULES: Das stumme Fischlein.

MARIE: Ich mag es nicht, wenn du mich so nennst.

Jules steht auf.

JULES: Komm her, Goldkehlchen.
MARIE: Warum verspottest du mich?
JULES: Ich verspotte dich nicht. Nichts ist wie deine Lippen.
MARIE: Schweig, Idiot.

Jules nimmt sie in die Arme, trägt sie aufs Bett.

JULES: Verstehst du? Ich sehe dich, und schon habe ich Vertrauen in das Leben. Als wärst du eine Landschaft.
MARIE: Von wo?
JULES: Von dort, wo ich hingehöre.
MARIE: Wohin gehörst du?
JULES: Zu dir. Ich muß besoffen sein!
MARIE: Heiliger Bimbam!
JULES: Du gefällst mir, weil du genau das bist, was ich mag.
MARIE: Ich bin so froh zu sehen, daß du so froh bist.
JULES: Das macht der Wein.
MARIE: Du liebst mich, weil du ein bißchen ...?
JULES: Es gibt keinen Wein außer dir.

Küßt sie. Sie küssen sich. Suchen sich.

Theke von Jules' Geschäft

JULES: *(Zu jemandem, den man von hinten sieht)* Nein, Madame, bemühen Sie sich nicht: Ich nehme keine Eintrittskarten zu Gunsten von irgendwem. Auch nicht zu Gunsten spanischer Kinder. Soll jeder selbst zurechtkommen ... Wenn Ihnen das Radio kaputtgeht, repariere ich es besser und billiger als jeder andere. Darum kann ich es nicht brauchen, wenn hier jedermann vorbeikommt, um mir Eintrittskarten zu wohltätigen Zwecken zu verkaufen. Nein Madame, nein, bemühen Sie sich nicht, nein, ich habe es doch gesagt. Für denselben Preis sehe ich lieber Fernandel, heute abend im Kino an der Ecke. Der macht wenigstens niemandem etwas vor.

Paris. Eine Straße.
Ein Zeitungskiosk

Jules und Marie Arm in Arm, mit einigen Päckchen, halten an, um einen Blick auf die aufgehängten Zeitungen und Zeitschriften zu werfen. Plakate von Paris-Soir, *auf denen zu lesen ist:* 28. April 1939: Hitler macht Vorschläge zur Lösung der Danziger Frage.
Wird überdeckt von einem anderen:
5. Mai 1939: Die polnische Regierung ist offen für alle Vorschläge, um die deutsch-polnischen Beziehungen zu verbessern.

London. Westminster-Palace
von außen

EINE STIMME: »Wir werden nicht tatenlos zusehen, wie die Unabhängigkeit eines Staates zerstört wird.«

Madrid. Paseo de la Castellana

Militärparade. Untertitel: 20. Mai 1939: Einheiten der Falange defilieren vor Francisco Franco. (Actualidades Nodo)

Paris. Parlament von außen

ANDERE STIMME: »Keine Kraft und kein Mut können gegen Frankreich etwas ausrichten.«

Plakat von Le Journal: 31. März 1939: Die italienischen Streitkräfte verlassen Spanien, nachdem sie General Franco geholfen haben.
Publikumslacher in einem Kino.

Ein einfaches Kino

Marie und Jules, lachend. Was sie sehen: ein Zeichentrickfilm mit Popeye. Der ißt seinen Spinat, verprügelt seinen Gegner. Ende. Unmittelbar darauf folgen Les Actualités Pathé.
Wochenschau: *Berlin. Hitler, der vor einer großen Versammlung von Braunhemden spricht.*

HITLER: »Als Franco den Kampf zur Rettung Spaniens begann, stand er gegen eine von der ganzen Welt angestiftete Verschwörung. Im Juli 1936 entschloß ich mich, seiner Bitte um Hilfe, mit der er an mich herangetreten war, zu entsprechen.«

Deutsche Wochenschau: *Aufmarsch der Legion Condor in Berlin.*
Ein Sprecher, mit einem Mikrofon:

SPRECHER: Die sowjetische Regierung schlägt für möglichst bald ein Treffen der Großmächte Frankreich, England und Rußland vor.

Hinter ihm ein Kalender: 23. Juli 1939.

Im Kinosaal

JULES: *(Zu Marie)* Gehen wir raus?
MARIE: Schon?
JULES: Wenn es dir nichts ausmacht ...

Gehen hinaus, bemühen sich, dabei möglichst wenig die anderen Zuschauer zu stören.

JULES: Verzeihung, Verzeihung, Verzeihung.

Die Straße

Jules und Marie treten aus dem Kino.

JULES: Wir hatten schon fast alles gesehen.
MARIE: Dieses dauernde Gerede vom Krieg macht mich wahnsinnig.

Begegnen einem Zeitungsausrufer der Abendausgabe. Jules kauft eine, schlägt sie auf. Schlagzeile: »Französisch-britischer Vorstoß gescheitert, um die Einwilligung der polnischen Regierung für eine Zusammenarbeit mit der Roten Armee zu erreichen.«

JULES: Wie kann es mit den heutigen Waffen Krieg geben?

Die Verkäuferin eines Blumenstandes grüßt:

VERKÄUFERIN: Guten Abend, Monsieur und Madame Hoffman.

JULES: Geht Ihr Radio wieder?

Der Ehemann der Verkäuferin, der neben ihr sitzt, um ein wenig an der frischen Luft zu sein, tritt in Erscheinung, dick und schwitzend.

EHEMANN DER VERKÄUFERIN: Tadellos. Was sagen Sie hierzu? *(Zeigt auf die gleiche Zeitung, die auch Jules in der Hand hält)*

JULES: Ich weiß nicht, was ich darüber denken soll.

EHEMANN DER VERKÄUFERIN: Niemand will den Krieg.

VERKÄUFERIN: Außer den *boches* ...

MARIE: Als ob der Krieg ihre Erfindung wäre!

JULES: Guten Abend.

MARIE: Guten Abend, Monsieur und Madame Bonheur.

DIE BLUMENVERKÄUFER: Guten Abend, Monsieur und Madame Hoffman.

Jules und Marie gehen weiter.

JULES: Möchtest du etwas trinken gehen?

Marie schüttelt den Kopf. Hält inne. Sie sind vor einem Vogelgeschäft.

MARIE: Eins mußt du mir versprechen. *(Bleiben stehen. Im Hintergrund die Vögel)* Wenn es Krieg gibt, darfst du dich nicht freiwillig melden. *(Jules zweifelndes Gesicht)* Egal, was sie sagen! *(Sie sehen sich fest an, küssen sich. Dann fassen sie sich um die Hüfte, gehen weiter)*

Jules, zu Boden blickend. Die Spitzen seiner Stiefel beim Gehen.

JULES: Jeden Tag spreche ich weniger. Wegen meines Akzents. Ich schäme mich ...

MARIE: Wie kannst du dich für deine eigene Stimme schämen? Weil du einen Akzent hast? Na und? Es ist deiner!

JULES: Sie denken, ich bin Deutscher.

MARIE: Oder Elsässer, oder Tscheche, oder Rumäne.

JULES: Was an der Sache, so wie sie ist, auch nichts ändert.

MARIE: Vergiß nicht, was du mir versprochen hast.

JULES: Was?

MARIE: Dich nicht freiwillig zu melden ...

JULES: Dazu wird keine Gelegenheit sein. In der letzten Augustwoche fahren wir aufs Land ...

MARIE: Ehrenwort?

Lautsprecheröffnung eines Radios

STIMME DES SPRECHERS: *(Ohne einer der Meldungen besondere Bedeutung zu geben)* In Moskau unterzeichnen Deutschland und Rußland einen Nichtangriffspakt. In Danzig wird ein Dekret veröffentlicht, das Forster zum

Regierungschef der Freien Stadt ernennt. Der englische Botschafter zu Berlin, Sir Neville Henderson, überreicht Hitler eine Note des britischen Regierungschefs, Sir Chamberlain.

Deutsche Wochenschau: *Unterzeile:* 24. August 1939, *über die Ankunft Ribbentrops in Moskau geblendet.*

Das Innere einer Baracke im Konzentrationslager Vernet d'Ariège

Auf einem Sockel von einem Meter Breite haben sich Leo Weicsen und Jean zur Ruhe gelegt. Leise unterhalten sie sich.

WEICSEN: Sie werden mich ausschließen, und das tut mir schrecklich weh. Seit ich mich erinnern kann, war ich in der Partei.

JEAN: Was hast du getan?

WEICSEN: Selbst meinen Rausschmiß provoziert.

JEAN: Ich verstehe dich nicht.

WEICSEN: Ich habe immer für das gekämpft, was ich nicht nur für gerecht, sondern für unabdingbar gehalten habe.

JEAN: Und? Glaubst du nicht mehr an den Sieg des Proletariats?

WEICSEN: Doch. Aber der Preis ist zu hoch.

JEAN: Welcher Preis?

WEICSEN: Der Krieg.

JEAN: Glaubst du, die Unterzeichnung des deutsch-sowjetischen Pakts bedeutet Krieg?

WEICSEN: Ja.

JEAN: Ist dir klar, was die UdSSR gewinnen wird?

WEICSEN: Von hier aus, eingesperrt und vom Spiel ausgeschlossen, kann man das so betrachten. Aber denk an die Millionen Arbeiter, die sterben werden.

JEAN: Waren wir uns nicht einig, daß es so oder so Krieg geben würde?

STIMME KARPATYS: Seid ihr endlich still?

WEICSEN: *(Leiser)* Das ist etwas anderes. Was Stalin gemacht hat, kann man nicht machen. Das ist nicht anständig.

JEAN: Er hat es nunmal gemacht.

WEICSEN: Dagegen lehne ich mich auf.

JEAN: Damit stehst du allein da.

WEICSEN: Ich weiß.

JEAN: Noch nicht einmal ich würde mehr mit dir reden.

WEICSEN: Ich weiß.

JEAN: Ich werde die Verlegung in eine andere Baracke beantragen.

WEICSEN: Sei unbesorgt, das werden sie schon von sich aus tun.

JEAN: Man wird dich verkaufen.

WEICSEN: Glaubst du?

JEAN: Nein, aber ... du könntest noch ein bißchen darüber nachdenken.

WEICSEN: Das bringt nichts: Ich habe Carlos den Brief gegeben.

STIMME KARPATYS: Wollt ihr endlich still sein, zum Teufel? Könnt ihr euren Quatsch nicht um eine andere Uhrzeit besprechen?

STIMMEN: Pst! Pst!

(Schritte einer Patrouille)

Das Konzentrationslager Vernet von außen. Nacht

Die Patrouille, außerhalb des Stacheldrahts. Ablösung. Zwei Soldaten gehen auf eine Kneipe zu. Wir folgen ihnen.

Die Kneipe

Die Tür öffnet sich gerade so weit, daß die beiden Soldaten eintreten können. Rauch. Alle Tische besetzt. Man hört das Radio: sämtliche Zuhörer horchen gebannt. Das Radio.

STIMME DES SPRECHERS: Heute, am ersten September 1939 um fünf Uhr fünfundvierzig, ist die Deutsche Wehrmacht ohne vorherige Kriegserklärung in Polen einmarschiert. Die polnischen Städte werden von der Luftwaffe bombardiert. Forster hat den Anschluß Danzigs an das Reich erklärt.

Deutsche Wochenschau: *Panzer, die auf die Zuschauer zufahren. Einer, noch einer, noch einer, zwei, zehn, hundert.*

STIMME: Am 4. besetzen die Deutschen Czestochowa. Am 6., Krakau und Kielce; am 8., Rodem. Am 10., Ossowiec. Am 15., Przesmysl. Am 27. kapituliert Warschau.

Portiersloge von
Jules' Haus. Nacht

Die Portiersfrau und eine andere Alte beim Kartenlegen.

ALTE: *(Lachend)* Das ist die Maginot-Linie. Da kommt keiner durch.

Es klopft an der Tür. Herein schaut ein Polizist.

POLIZIST: Hoffman?
PORTIERSFRAU: Dritter Stock rechts.

Die Treppe. Drei Polizisten steigen hinauf. Erreichen Jules' Tür. Klingeln.

POLIZIST NR. 1: Immerhin wohnt der hier im dritten ... die anderen heute alle im fünften oder im sechsten ...

Er klingelt noch einmal. Die Tür öffnet sich einen Spalt; Jules erscheint.

POLIZIST NR. 1: Hoffman?
JULES: Ja ...

Die Polizisten drücken die Tür auf.

POLIZIST NR. 1: Sie müssen mit uns kommen ...

Das Innere der Wohnung.
Der Flur

JULES: Wohin?

POLIZIST: Das werden Sie schon sehen.

JULES: Meine Frau ist nicht da.

POLIZIST NR. 2: Dann ersparen Sie sich den Abschied ...

POLIZIST NR. 1: Nehmen Sie eine Decke mit.

JULES: Sie werden mich doch nicht festnehmen?

POLIZIST NR. 2: Nein.

POLIZIST NR. 1: Wir sind nicht hier, um Fragen zu beantworten. Los ..., beeilen Sie sich!

JULES: Das ist ein Irrtum.

POLIZIST NR. 2: Selbstverständlich.

JULES: Sie suchen meinen Bruder ...

POLIZIST NR. 1: Heißen Sie Hoffman?

JULES: Ja. Aber Sie suchen Jean, ich heiße Jules.

POLIZIST NR. 2: *(Auf ein Papier schauend)* Geboren in ... ich weiß nicht wo ... 1906.

JULES: Ich bin aber ...

POLIZIST NR. 3: Reden Sie nicht so viel. Das nützt Ihnen nichts.

Das Eßzimmer

Inzwischen sind die Polizisten eingetreten, haben das Zimmer durchsucht und die Möbel verrückt.

POLIZIST NR. 1: Los! Los!

JULES: Aber das kann doch nicht sein ...

POLIZIST NR. 1: Wollen Sie nicht eine Decke mitnehmen? Machen Sie schon ...

JULES: Aber …

POLIZIST NR. 1: Ich habe *vorwärts* gesagt. Wir haben noch einiges zu tun.

JULES: Und meine Frau?

POLIZIST NR. 2: Keine Sorge, die wird es schon erfahren.

Die Portiersloge

Die Portiersfrau studiert immer noch die gelegten Karten.

PORTIERSFRAU: *(Zu der anderen Alten)* Eins, zwei, drei, vier, fünf … Gute Nachrichten. Eins, zwei, drei, vier, fünf … ein Brief.

Die Polizisten und Jules gehen an der Portiersloge vorbei.

JULES: Madame Bouchier …

Die Portiersfrau steht auf und stellt sich an die Türschwelle.

JULES: Sagen Sie meiner Frau …

POLIZIST NR. 1: Sagen Sie ihr, sie soll morgen in die Präfektur kommen, Zimmer 363, und dort nach ihm fragen. Weiter!

Die Portiersfrau und die Alte gehen hinter Jules und den Polizisten aus dem Haus.

Die Straße

Vor dem Eingang von Jules' Haus, ein Pritschenwagen der Polizei mit zwei seitlichen Bänken. An einem Menschenauflauf vorbei steigt Jules in den Lastwagen. Im Innern zehn Verhaftete und zwei Polizisten, mit Karabinern bewaffnet, die an der Ladeöffnung sitzen. (Der Wagen hat keine Tür) Einer der Festgenommenen, El Largo, der weit hinten sitzt, sagt beim Anblick des einsteigenden Jules:

EL LARGO: Gefahr für Frankreich ...
JULES: Guten Abend.

Als Antwort Grummeln. Die anderen Polizisten drängen sich neben den Fahrer.

POLIZIST NR. 1: Selbe Straße, Nummer 16.

Der Wagen fährt an, vor den Leuten, die sich an den Häusereingängen zusammendrängen.

EIN SCHAULUSTIGER: Sie holen die Spione ...
EIN ANDERER: Die fünfte Kolonne.
EINE HÜBSCHE FRAU: Wenn die Deutschen auf solche Typen setzen, sind sie übel dran.
EIN ALTER: Was wissen Sie schon?

Marie kommt, mit Brot und Einkäufen.

MARIE: Guten Abend ...
HÜBSCHE FRAU: Guten Abend.
MARIE: Was ist los?
DER SCHAULUSTIGE: Sie verhaften Agenten der fünften Kolonne.

MARIE: Wurde auch Zeit.

Marie geht durch die Toreinfahrt ihres Hauses.

EIN KIND: *(Zu einem anderen, während sie ihr hinterhergehen)* Das will ich sehen, was die für ein Gesicht macht.

Das Innere des Polizeilasters

Durch die Straßen von Paris. Der Wagen hält an. Einer der Verhafteten summt aus Carmen *(Toreador, usw.).*

EIN GUT GEKLEIDETER: Aber warum nehmen Sie mich fest? Was wird aus meinem Schwiegervater, wenn er es erfährt?

EIN ANDERER GUT GEKLEIDETER: Wenn man im Kriegsministerium von meiner Festnahme erfährt, wird man denen ordentlich ...

EIN RUNDLICHER: Ich habe mich als Freiwilliger gemeldet ... aber sie haben mich für untauglich erklärt ...

Andere Polizisten bringen einen neuen Verhafteten, einen alten, fettleibigen Arbeiter, der sich wehrt. Er ringt, um sich loszumachen. Passanten laufen zusammen.

ARBEITER: Ich bin doch ein rechtschaffener Mann, ich habe mich doch nie auf Politik eingelassen. Ich bin doch Witwer.

EL LARGO: Gefahr für Frankreich.

POLIZIST NR. 1: *(Zu El Largo)* Halt's Maul! *(Zu dem Arbeiter)* Steig ein und hör mit deinen Geschichten auf.

STIMMEN: Papa ... Papa ...

Der Wagen fährt an. Die Fassade des Hauses; im sechsten Stock gelingt es einigen Kindern, ein Fenster zu öffnen. Das Fenster.

DIE KINDER: *(Rufend)* Papa ... Papa ...

Das Innere des Pritschenwagens

ARBEITER: Herr Kommissar, sagen Sie, warum nehmen Sie mich fest?
POLIZIST NR. 2: Ich bin kein Kommissar ...
DER MIT DEM BART: Ich bin ein ehrbarer Kaufmann.
POLIZIST NR. 2: Mir brauchen Sie das nicht zu erzählen. Wir führen Befehle aus; und Befehl ist Befehl.
DER MIT DEM BART: Sie haben Recht, Herr Kommissar.
POLIZIST NR. 2: Ich bin kein Kommissar.
DER MIT DEM BART: Verzeihen Sie, Herr Inspektor.
POLIZIST NR. 2: Ich bin kein Inspektor.

Der Wagen hält an.

Straße

Die Polizisten Nr. 1, Nr. 2 und Nr. 3 steigen aus dem Fahrzeug und wollen in ein Haus gehen. Im Innern des Pritschenwagens:

ERSTER FLENNER: *(Zum zweiten)* Dann kam meine Frau herein ...
ZWEITER FLENNER: Dann kam Ihre Frau herein ...?

Straße

Ein gut gekleideter Herr tritt aus dem Haus. Die Polizisten nehmen ihn fest und bringen ihn zu dem Wagen.

Das Innere des Pritschenwagens

DRITTER GUT GEKLEIDETER: Das nennt sich wohl schnelle und prompte Bedienung.

EL LARGO: Gefahr für Frankreich.

POLIZIST: *(Zu El Largo)* Halt's Maul. Und setzt dich her; neben mich, ich bring' dir das Sprechen schon noch bei.

El Largo geht hinüber und setzt sich neben den Polizisten.

DER NEUANKÖMMLING: Na bestens ..., hier kommt man unter Leute.

Er setzt sich neben den ersten Flenner.

ERSTER FLENNER: Ich weiß nicht, wie Sie das witzig nehmen können ...

DER NEUANKÖMMLING: Flennen ist eine Provokation, mein Freund ...

FLENNER: Ich bin nicht Ihr Freund.

Der Wagen hält an. El Largo scheint eingeschlafen zu sein. Als der Wagen bremst und um eine Ecke biegt, springt er aus dem Wagen. Stürzt. Kommt auf die Beine und rennt los. Die beiden Polizisten im Pritschenwagen trauen sich nicht zu schießen. Sie rufen.

POLIZISTEN: Stehenbleiben! Bleiben Sie stehen ...!

POLIZIST RECHTS: *(Zu denen, die hinten auf der Pritsche sitzen)* Rufen Sie! Klopfen Sie!

Einer mit Bart, der an der Abtrennung zum Fahrerhaus sitzt, hebt die Hand, um zu klopfen, aber sein Gegenüber blickt ihn fest an; der mit dem Bart hält mit der erhobenen Hand inne.

POLIZIST: *(Zornig)* Klopfst du, ja oder nein?

Der mit dem Bart klopft. Der Wagen hält an. Drei Polizisten steigen aus dem Fahrerhaus, stolpern durcheinander.
Ein Polizist ruft ihnen von drinnen zu:

POLIZIST: Laßt, wir haben schon genug.

Die Polizisten beraten sich, zucken die Schultern. Klettern wieder ins Fahrerhaus. Der Wagen setzt seine Fahrt fort. Kurz darauf hält er an, und die Polizisten laden einen zerlumpten Mann ein, der sich in einem Hauseingang versteckt hielt.

EINE STIMME: Gefahr für Frankreich ...

Gesicht des ersten Polizisten, gekränkt. Der bis auf den letzten Platz volle Pritschenwagen begegnet einem Laster, der zusammengezwängte Kälber transportiert.

Außen, Hof der Polizeipräfektur

Der Pritschenwagen fährt vor. Parkt neben anderen, gleich aussehenden Fahrzeugen. Die Verhafteten steigen aus. Gehen durch eine schmale Tür hinein. Als alle drinnen sind, fährt vor der Präfektur ein Taxi vor, aus dem Marie mit einem Paket in der Hand aussteigt. Man sieht sie vom Hof aus. Sie geht hinein.

MARIE: Zimmer 363, bitteschön?
WACHMANN: Vierter Stock; aber jetzt können Sie nicht hinaufgehen.
MARIE: Wieso?
WACHMANN: Weil alle weggegangen sind.
MARIE: Man hat mir gesagt, ich solle …
GENDARM: Kommen Sie besser morgen wieder.
MARIE: Lassen Sie mich hochgehen …

Maries verzweifeltes Gesicht.

GENDARM: Es ist sinnlos, aber gehen Sie nur hoch.

Gang in der Präfektur

Marie gelangt in einen langen, menschenleeren Gang, schaut auf die Zimmernummern. Als sie sich gerade auf der Höhe eines der Zimmer befindet, treten zwei Beamten heraus.

ERSTER BEAMTER: Was machen Sie hier?
MARIE: Ich suche Zimmer 363.
ERSTER BEAMTER: Hier gibt es kein 363.

MARIE: Ich möchte das hier vorbeibringen.

ZWEITER BEAMTER: Wem?

MARIE: Meinem Mann.

ZWEITER BEAMTER: Wer ist Ihr Mann?

MARIE: Jules Hoffman, er wurde gestern Nachmittag abgeholt.

ERSTER BEAMTER: Ah ...

MARIE: Man hat ihn mit seinem Bruder verwechselt ...

ERSTER BEAMTER: Ja? Kommen Sie doch morgen wieder. Hier ist niemand.

MARIE: Aber, wo ist er? Er hat nichts mitgenommen ... Ich bringe ihm eine Decke.

ZWEITER BEAMTER: Die eine Nacht übersteht er auch so. Bestimmt wird er morgen freigelassen.

MARIE: Glauben Sie?

ERSTER BEAMTER: Warum nicht, wenn es ein Irrtum ist? Kommen Sie, gehen Sie beruhigt nach Hause.

ZWEITER BEAMTER: Wollen Sie nicht einen Schluck trinken?

MARIE: Nein danke. Sind Sie sicher, daß er nicht hier ist?

ERSTER BEAMTER: Können Sie nicht sehen?

Geräusche einer Menschenmenge im Stockwerk darüber. Durch die Decke des Gangs, an verglasten Abschnitten, sieht man schemenhaft die Füße vieler Menschen.

ZWEITER BEAMTER: *(Nach oben schauend)* Menschenmaterial ...

Die beiden Beamten gehen weg. Marie bleibt allein, unentschlossen, mitten auf dem Gang stehen.

Der obere Gang

Die Festgenommenen in einer Reihe. Alle fünf Meter ein Gendarm mit Gewehr.

EIN GENDARM: Nach rechts ... nach rechts ... machen Sie die Mitte frei. Vorwärts!

Eine dunkle Amtsstube

Die Festgenommenen treten nacheinander ein, um registriert zu werden. Hinter einem Tresen mehrere Schreiber. Ein Festgenommener, bleich, hinkend und mit Krücken, antwortet einem von ihnen.

HINKENDER: Alfred Cäsar Napoleon.
DER SCHREIBER: Der nächste ...

Der Hinkende verschwindet durch eine Tür.

Ein großer und heruntergekommener Raum. Nacht

Eine große Anzahl Festgenommener, einige von ihnen sitzen auf dem Boden. Andere auf zwei Bänken, die die Wände entlangführen. Durch ein schmales Fenster ist der Justizpalast zu erkennen, eine Brücke, die Uferbefestigung, die Seine. Jules sitzt auf dem Boden an die Wand gelehnt, döst.

Dasselbe Zimmer, im Morgengrauen

Jules, der Stadtstreicher und der Mechaniker sehen nach draußen.

STADTSTREICHER: *(Alt, bärtig, sympathisch)* Heute wird ein schöner Tag.

JULES: Und wenn schon!

STADTSTREICHER: Wie, und wenn schon!

JULES: Was werden sie mit uns machen?

DER MECHANIKER: *(Stattlicher Ranzen und rote Nase)* Das wissen sie selber nicht.

JULES: Drei Tage bin ich nun hier ...

STADTSTREICHER: Ich fünf ... hier kann man's aushalten ...

JULES: Warum haben sie mich festgenommen? Sag mir das doch einer!

DER MECHANIKER: *(Mit lauter Stimme)* Ich weiß es immerhin ...

MEHRERE STIMMEN: Ah ...

DER MECHANIKER: Meine Frau gefällt dem Besitzer des Milchladens unten im Haus.

BUCHMACHER: Du bist Spanier ...

MECHANIKER: Seit dreiundzwanzig Jahren lebe ich schon in Frankreich. Meine Frau ist Französin, und meine fünf Kinder ... Die beiden Ältesten sind an der Front.

BUCHMACHER: Na ja, wenn deine Frau immer noch jemandem gefällt, verstehe ich deine Klage nicht ... Und hast du dich nie in die Politik eingemischt?

MECHANIKER: Nie ... Naja, ich war Sekretär beim Hilfskomitee für Spanische Kinder ...

BUCHMACHER: Das soll nichts sein?

MECHANIKER: Die Gerechtigkeit ...

BUCHMACHER: Es gibt keine Gerechtigkeit. Ihr seid alle mehr oder weniger gute Menschen; das heißt arme Teufel. Ich bin *Buchmacher*. Nicht, daß ich ein schlechter Mensch wäre, aber, schön und gut, viele Skrupel habe ich nicht. Und wer wird hier rauskommen? Ich. Nicht mehr lange, und mein Vater zückt einen Tausender oder einen Zweitausenderschein, dort draußen; dann kommt mein Anwalt, und sie lassen mich frei. *(Schreitet durch den Raum, viele hören ihm zu)* Gerechtigkeit ...? Daß ich nicht lache. Die gibt es nicht. Ich hatte ein Geschäft; ein Geschäft mit türkischen und nicht türkischen Teppichen; ich konnte mich nicht darum kümmern; ich habe einen Geschäftsführer angestellt, der mir 20.000 Francs Kaution gab. Eines Tages war ich es leid, wollte ihn rauswerfen, ich ging in das Geschäft, machte eine riesige Szene; ich schlug ihn. Wir gingen aufs Kommissariat, ich beschuldigte ihn, mich geschlagen zu haben. Der Kommissar hielt sich aus allem raus und führte uns dem Richter vor. Da ich keine Zeit gehabt hatte, mich vorzubereiten, erschien ich nicht vor Gericht, die Anhörung wurde verschoben, und in der Zwischenzeit brachte ich in Erfahrung, wer der Richter war, erkundigte mich über seine Familie, seine Gepflogenheiten, usw. Ich nahm einen Cousin von ihm zum Anwalt, ich bezahlte ihn gut. Damit hatte ich nichts mehr zu befürchten. Als man mich nach meiner Nationalität fragte, antwortete ich: Engländer – was stimmt, ich bin in Aden geboren. ›Ein englischer Staatsbürger‹, wiederholte der Richter. ›Und Sie?‹ fragte er meinen Geschäftsführer. ›Türke‹, antwortete er. ›Ein Türke‹, sagte er voller Verachtung. Sie drückten ihm die Gerichtskosten auf ... Sicher, das hat nicht viel zu sagen. Aber der Schuldige war ich. Wo bleibt da die Gerechtigkeit? Geld, nichts als Geld! Und diplomatisches Geschick, alles andere papperlapapp. Glaubt mir, jeden Tag hundert Francs auftreiben zum Leben, darauf kommt es an; und die bekomme ich, ohne viel zu arbeiten.

EIN ARBEITER: Der Tag wird kommen, an dem nicht mehr diese Gerechtigkeit über dich richten wird, sondern die der Menschen.

BUCHMACHER: Wenn meine Zeit bis dahin nicht abläuft ... Seht, wie die Lämmer werdet ihr in ein Konzentrationslager trotten; ich nicht. Ich werde rauskommen, weil mein Vater das Nötige dafür locker machen wird: laß es tausend, zweitausend, fünftausend Francs kosten, aber ich komme frei. Unter euch befinden sich Leute mit Geld, nehme ich an, aber es reicht nicht, es zu haben, man muß auch wissen, wie man es ausgibt. Euch haben sie direkt hierher gebracht: Ich habe mit den Polizisten, die mich festgenommen haben, noch eine Sauftour gemacht. Überzeugungen sind nutzlos.

EIN ALTER DEUTSCHER: Überzeugungen ... Überzeugungen ... Sie sagen, sie seien nutzlos; aber weil mein Sohn nicht wie Hitler dachte, befahl Hitler, ihn zu erschießen.

Ein Festgenommener klopft an die Tür des Raumes. Sofort stellen sich sechs oder sieben in einer Reihe hinter ihn. Ein verschlafener Wachmann öffnet die Tür.

WACHMANN: In Zweierreihen.

Gang der Präfektur

Die ersten beiden Festgenommenen treten auf den Gang hinaus, den zwei Frauen auf Knien putzen.

ERSTE FRAU: Hast du Nachrichten von deinem Sohn?

DIE ANDERE: Es geht ihm gut, er ist an der belgischen Front, in einem Dorf. Wo er doch so gerne Milch trinkt; es geht ihm gut.

ERSTE FRAU: Von Esteban habe ich schon zwei Monate nichts mehr gehört.

Die beiden Festgenommenen betreten das WC. Durch den Gang kommen Büroangestelle, unter ihnen drei Polizisten: Louis, der Kommissar, Pierre und Henry, seine Assistenten. Sie treten in ein Büro.

Büro des Kommissars

Die soeben Eingetretenen hängen ihre Hüte an den Garderobenständer.

PIERRE: *(Kräftig, dickleibig, ziemlich klein)* Es ist nicht sehr warm.

HENRY: *(Fett, groß)* Uns wird schon noch warm werden.

Louis, der Kommissar, hat sich hinter den Schreibtisch gesetzt. Pierre reicht ihm einen Bogen Papier.

KOMMISSAR: *(Graumeliert, ein Pfeife rauchend)* Viele?

PIERRE: So viele du willst, sogar mehr.

KOMMISSAR: Die ersten beiden.

Pierre geht durch eine Tür hinaus.

KOMMISSAR: Im Restaurant vom Burgunder haben sie ein erstklassiges Anjou-Lamm geliefert bekommen.

Durch die Tür, aus der er hinausgegangen war, kehrt Pierre mit Caamaño und Mayer zurück, einem aalglatten Burschen.

PIERRE: *(Zu Mayer)* Warte. *(Zu Caamaño)* Du, komm her.

KOMMISSAR: Wie heißt du?

CAAMAÑO: Antonio Caamaño López.

KOMMISSAR: *(Sieht auf eine Karteikarte)* Du hast den Krieg in Spanien mitgemacht?

CAAMAÑO: Klar!

KOMMISSAR: Verwundet?

CAAMAÑO: Vier Mal.

KOMMISSAR: Jetzt hast du wohl ein ruhiges Gewissen, nicht?

CAAMAÑO: Ich verstehe nicht.

KOMMISSAR: Bist du ein guter Revolutionär?

CAAMAÑO: Ich, Revolutionär? Nein.

KOMMISSAR: Und dann noch Verbindungen ins Ausland.

CAAMAÑO: Ich bin weder Revolutionär noch mit irgendwas in Verbindung.

KOMMISSAR: Bis zu welchem Dienstgrad hast du es geschafft?

CAAMAÑO: Kommandant.

KOMMISSAR: Wie alt bist du?

CAAMAÑO: Vierundzwanzig.

KOMMISSAR: Kommandant mit vierundzwanzig Jahren ...

CAAMAÑO: Desaix war noch jünger, als er starb, und der war General.

KOMMISSAR: Wo du dich so gut in deiner Geschichte auskennst, und in unserer, will ich dein Gedächtnis auf Vordermann bringen: Sag mir jetzt auf der Stelle, woher das Geld kommt, mit dem gewisse spanische Flüchtlinge unterhalten werden, die aus den Lagern entkommen sind wie du.

CAAMAÑO: Das weiß ich nicht.

KOMMISSAR: Du bist mir zu jung ...

CAAMAÑO: Einen Augenblick, bitte ...

Caamaño nimmt sich eine Prothese aus dem Mund, steht jetzt ohne Kiefer da.

CAAMAÑO: Jetzt?

KOMMISSAR: *(Verpaßt ihm eine Ohrfeige)* Für wen hältst du dich? Hier hast du's!

Mayer, aus seiner Ecke.

MAYER: Das ist eine Schande!

Pierre geht auf ihn zu.

PIERRE: Was sagst du?

MAYER: Ich sage, daß das eine Schande ist.

Pierre schlägt ihm mit der Faust ins Gesicht. Mayer stürzt zu Boden, aus seinem Mund rinnt Blut. Der Kommissar geht auf und ab, ein Lineal in der Hand. Enrique hält Caamaño fest, der Louis mit dem Blick folgt.

Ein Schmetterling flattert um eine brennende Lampe.

KOMMISSAR: Wir wollen also nicht reden? *(Zückt eine Pistole)* Du kommst hier nicht lebend raus.

CAAMAÑO: Da habe ich in meinem Leben aber schon andere Kanonen gesehen.

Louis schlägt wütend mit dem Lineal auf Caamaños Finger, sie schwellen an, bluten. Dann knallt er wütend die Pistole auf den Tisch.

KOMMISSAR: Es reicht. Abführen!

Pierre packt Caamaño. Als sie die Tür erreichen, dreht sich dieser um.

CAAMAÑO: Bis demnächst.
MAYER: *(Am Boden)* Zeig sie an ...! Zeig sie an ...!

Der Kommissar lacht.

KOMMISSAR: Du wirst es sein, der sie anzeigt. Komm her.

Raum der Festgenommenen

Mehr Leute als zuvor.

DER MECHANIKER: *(Zu einer Vierergruppe, unter ihnen Jules und Casteras)* Die Sache ist ganz einfach: Sie nehmen die Liste, und schwupp, sacken sie uns ein! Was für Leute sind hier? Ausländer mit irgendeiner Vorstrafe, was auch immer: weil man einen Wachmann beleidigt oder den Tabakladen an der Ecke um zwanzig Francs geprellt hat ... Die dicken Fische lassen sie in Ruhe ... Eine Karteikarte läßt sich kaufen oder einfach übersehen ... Dann sind da noch die, die sie die Politischen nennen, Gefahr für Frankreich ... Es reicht, wenn der Hausmeister dich denunziert, die Portiersfrau, die Nachbarin ... und noch nicht einmal das: anonym reicht auch.
EIN ALTER: Ja, anonym, ohne Unterschrift.
DER MECHANIKER: Alle Spione, alle Spanier, alle Rote.
JULES: Aber gegen wen führen sie denn Krieg? Gegen die Faschisten? Warum nehmen sie dann die Antifaschisten fest?
CASTERAS: Gott erlöse uns von Mysterien und Ministerien.

DER POLNISCHE BARON: Ich bin kein Antifaschist und habe alle Papiere in Ordnung.

EIN JUNGER BURSCHE: *(Sich auf ihn beziehend)* Er war drei Jahre lang mit mir in Melun. Im Gefängnis natürlich.

JULES: Mich werden sie gleich wieder freilassen, es handelt sich um einen Irrtum. Es ist mir schon einmal passiert. Verstehen Sie? *(Der Baron hört ihm gleichgültig zu)* Sie verwechseln mich mit meinem Bruder ... Ich finde es gut, daß sie die Verdächtigen festnehmen ... Man weiß nie ... Aber ich habe ein Radiogeschäft.

DER POLNISCHE BARON: Ein Radiogeschäft?

JULES: Ich kaufe, verkaufe, repariere ...

BARON: Sie reparieren?

JULES: Zu meinem Unglück habe ich einen bolschewistischen Bruder. Die Polizei hat schon ganz recht: bei mir ist es ein Irrtum, aber es könnte auch keiner sein. In meiner Akte steht es eindeutig. Sobald sie sie ansehen, werden sie es merken und mich freilassen.

Büro des Kommissars

KOMMISSAR: Wie viele?

PIERRE: Dreiundsechzig.

KOMMISSAR: Wie viele fehlen noch?

PIERRE: Einhundertsiebenunddreißig. Zweihundert täglich, zehn Tage lang, dann hätten wir die zweitausend, die der Minister verlangt.

KOMMISSAR: Hast du die Liste?

PIERRE: Ja, achtzehn fehlen noch.

KOMMISSAR: Was hast du vor?

PIERRE: An Ausländern fehlt es nie ... Auf die Zahl kommt es an, nicht? Was machen wir mit diesem Hoffman?

KOMMISSAR: Hoffman?

PIERRE: Der, den sie anstelle seines Bruders hergeschafft haben. Dort liegt die Akte.

KOMMISSAR: Woher ist er?

PIERRE: Vom Mond. Er hat ein Radiogeschäft.

KOMMISSAR: Ein Radiogeschäft?

PIERRE: Ja.

KOMMISSAR: Und er war schon einmal hier?

PIERRE: Ja.

KOMMISSAR: Behalt ihn.

PIERRE: Einer weniger.

KOMMISSAR: Einer mehr.

Der Raum der Festgenommenen

Sieben weitere treten ein. Angedeutetes Grüßen. Neugierde.

EINER: Und Sie, was sind Sie?

EIN NEUANKÖMMLING: Seid ihr schon lange hier?

EIN ANDERER NEUANKÖMMLING: *(Zu Jules)* Ich kenne Sie.

JULES: Ich erinnere mich nicht.

NEUANKÖMMLING: Sie haben ein Geschäft in der Rue d'Argenteuil.

JULES: Ja, ja, aber ich bin hier wegen eines Irrtums. Sie lassen mich bald wieder frei.

Unter den Neuankömmlingen ist ein Riesenkerl, der einen anderen hartnäckig anstarrt, der auf einer der Bänke sitzt. Der Riesenkerl zwinkert mit einem Auge. Der andere antwortet ihm mit einem ähnlichen Zwinkern. Der Riesenkerl zwinkert mit dem anderen Auge, der andere tut dasselbe. Beiden entfährt ein lautstarkes Grunzen. Der Wachmann öffnet die Tür, um nachzusehen, was los ist.

DER RIESENKERL: *(Umarmt den anderen)* Ladislás!

LADISLÁS: Ladislás!

DER RIESENKERL: Du hier?

LADISLÁS: Seit wann bist du in Paris?

DER RIESENKERL: Seit zwölf Jahren.

LADISLÁS: Ich seit dreizehn.

Die beiden Mannsbilder sehen sich lächelnd an. Küssen sich. Der Wachmann geht hinaus. Die anderen gucken, neugierig.

DER RIESENKERL: Klar, du bist ein Jahr vor mir aus dem Dorf weggegangen ... Ich habe dich überall gesucht: Du hast ja niemandem geschrieben ...

LADISLÁS: Ich hab es immer noch nicht gelernt.

DER RIESENKERL: Was du nicht weißt, ist, daß deine Frau sechs Buben bekommen hat.

LADISLÁS: Was du nicht sagst ... Alles Jungen? Gut, und wo lebst du und was machst du?

DER RIESENKERL: In Menilmontant, in der Rue des Pirenées.

LADISLÁS: Und ich ...!

Wieder umarmen sie sich. Der Riesenkerl dreht sich zu den anderen.

DER RIESENKERL: Zwölf Jahre, die wir uns nicht gesehen und uns gesucht haben ... Er ist aus meinem Dorf; ein Freund aus Kinderzeiten. Was für eine Freude, daß wir uns hier wiedersehen!

Ladislás und der Riesenkerl setzen sich.

LADISLÁS: Gut, erzähl mir aus dem Dorf ...
DER RIESENKERL: Also mein Vater ...

Neben ihm sitzen zwei sehr charakteristische Juden: Bärte, Kappen.

DER AUFGEBRACHTE JUDE: ... Und jetzt in Frankreich; die Mehrzahl derjenigen, die sie festnehmen, sind doch Juden. Wer hätte das gedacht? Eine linke Regierung ...
DER GELASSENE JUDE: Pah! Es ist immer so gewesen.
DER AUFGEBRACHTE JUDE: Wieso immer?
DER GELASSENE JUDE: Ja, immer haben sie uns überall rausgeworfen; sieh nur Adam und Eva ...

Neben ihnen, nahe am Fenster, Jules und der Stadtstreicher.

STADTSTREICHER: Ich habe nicht gearbeitet, und ich werde nie arbeiten ...
DER GELASSENE JUDE: Und am Ende wirst du dann Zwangsarbeiter.
JULES: Hast du keine Frau gehabt?
STADTSTREICHER: Ja doch, vor langer Zeit ..., das Übliche.
JULES: Du liebst nichts und niemanden?
STADTSTREICHER: Niemand kann irgendwen lieben: Alles ist Geschäft. Auf dem Markt verkaufen sie Obst, Blumen; hier Menschen ... Ich bin draußen.
JULES: Wie, draußen?
STADTSTREICHER: Aus dem Spiel.
JULES: Glaubst du nicht an Gott?
STADTSTREICHER: Pah! Der Eiffelturm ist gebaut worden, damit man ihn sieht, aber er ist zu groß, um ihn wirklich

sehen zu können. Ich hingegen liebe das Leben: die Schaufenster, den Luxus, den Regen.

Er fährt mit der Hand über das Fensterbrett, an seinen Fingern bleibt Staub hängen. Er wischt sie sich ab.

STADTSTREICHER: Schau: Nur Glück und Tod existieren; die Toten bezahlen den Krieg. Alles ist Staub. Ich habe keine Freunde, keine Kameraden ..., ich bin allein. Selbst unter Stadtstreichern gibt es Heuchelei und Betrüger ... Nie habe ich jemanden um etwas gebeten.

JULES: Und wovon lebst du?

STADTSTREICHER: Von dem, was sich hier und dort bietet ...

JULES: Liest du nicht?

STADTSTREICHER: Nein. Und trinkbares Wasser gibt es überall. Sogar das in den Pissoirs ist gut.

JULES: Wenn alle wären wie du, sähe die Welt anders aus.

STADTSTREICHER: Nein. Es muß Reaktion geben: in welche Richtung auch immer. Kreuze gibt es von oben nach unten, von unten nach oben, von rechts nach links, von links nach rechts. Das ist so und das bleibt so.

JULES: Du hast also nie etwas gemacht ...

STADTSTREICHER: Kippen gesammelt ...

JULES: Aber es wird doch etwas geben, das du mehr magst als etwas anderes?

STADTSTREICHER: Alleinsein und die Musik, und die Städte ... Sankt Petersburg, Paris ... Es ist schön, den Luxus um sich herum zu sehen: Machmal esse ich nicht, aber wenn ich genug Geld habe, kaufe ich Bonbons. Auch Pralinen mag ich. Und schöne Gemälde.

JULES: Warst du schon einmal im Louvre?

STADTSTREICHER: *(Auf seine zerlumpte Kleidung zeigend)* So?

JULES: Hast du keine Kinder?

STADTSTREICHER: Ich möchte nichts in dieser Welt hinterlassen.

JULES: Aber du glaubst doch, daß der Mensch eine Seele hat?

STADTSTREICHER: Ja, trotz allem.

JULES: Hast du nie daran gedacht, dich umzubringen?

STADTSTREICHER: Das ist nur was für arme Schweine, für Leute, die es nicht aushalten: für Geschäftemacher. Für die ist alles Raub ... Mag sein, daß auch ich ein Recht dazu hätte, aber lieber esse ich nichts.

JULES: Du könntest angeln.

STADTSTREICHER: Das ist zu umständlich ... Besser Zündhölzer kaufen als um Feuer bitten ...

Ein spindeldürrer Festgenommener hat sich zu ihm gesellt, rauchend. Er hört ihm zu, mit seinem schiefen, wenig vertrauenerweckenden Gesicht.

DER RAUCHENDE: Wärst du wie ich im Gefängnis von Poissy gewesen, zwei Wochen lang in einem Loch, mit einer Zigarette zwischen den Lippen und Gefängniswärtern, die dir partout kein Feuer geben wollen ... Kapierst du? Eine Zigarette im Mund, in der Hand, zwei Wochen lang, und die Gefängniswärter, die lachen! ... Nicht um Feuer bitten: Scheiße!

STADTSTREICHER: Bist du dran gestorben?

Ein Kellner kommt mit einem Tablett voller Essen herein. Die Festgenommenen drängen sich um ihn. Der Polizist, der in der Tür steht, tut, als würde er nicht bemerken, was vor sich geht. Der Kellner, zu einem geschniegelten jungen Mann:

KELLNER: *(Einen Zettel studierend)* Unter Passy 4203 hebt keiner ab.

DER GESCHNIEGELTE: Das kann doch nicht sein ...

KELLNER: Bei Auteuil 1221 sagen sie, es geht ihm gut, Sie sollen sich nicht sorgen, er wird sofort freikommen ... Bei Nord 0242, daß der Junge Durchfall hat ...

EIN MANN MIT BART: Sonst nichts?

KELLNER: Der Tabak, für wen ist der?

MEHRERE: Für mich ... Für mich ...

KELLNER: Der Reihe nach: bezahlen, bezahlen. Also, was? Lucky? Nein, hab ich vergessen. Wieviel haben Sie dem an der Tür gegeben?

Sie umringen ihn, geben ihm Aufträge, Zettel, Geld.

KELLNER: Mehr geht nicht, ich kann nicht mehr Aufträge annehmen ... Beim nächsten Mal.

DER POLNISCHE GRAF: Wann kommen Sie wieder?

KELLNER: Nachher ... ich weiß nicht; mal sehen.

Der Kellner geht hinaus, bei einigen hat er Hoffnung hinterlassen, bei den meisten Verzweiflung.

EIN POLIZIST: *(Steckt den Kopf herein)* George Andrews.

DER BUCHMACHER: Hier.

Der Polizist legt ihm die Hand auf die Schulter.

POLIZIST: Dort draußen erwartet Sie Ihr Anwalt ... Glückwunsch, Sie kommen raus.

Einige scharen sich um den Buchmacher.

EINER: Sein Sie so gut und werfen Sie diesen Brief ein.

EIN ANDERER: Würden Sie telefonieren? Auteil 1004: Die Nummer ist ganz einfach.

EIN ANDERER: Nehmen Sie diese Nummer ... Hier haben Sie hundert Francs ...

BUCHMACHER: Ein andermal, ein andermal ...

Der Buchmacher schließt die Tür, die unmittelbar darauf wieder aufgeht.

POLIZIST: Hoffman.

JULES: Hier, was ist?

MEHRERE: *(Durcheinander)* Er auch ... Glückwunsch. Glückwunsch. Bitte, rufen Sie meinen Bruder an ... Ich wohne nebendran ... Sagen Sie ihm ... Bitte ...

POLIZIST: Keine Aufregung. *(Zu Jules)* Ihre Frau.

Hoffman bahnt sich den Weg und geht hinaus.

Das Zimmer nebenan

Marie wartet, mit einem Päckchen in der Hand. Jules tritt ein. Lange, enge Umarmung.

JULES: Setz dich.

Sie setzen sich auf eine an die Wand montierte Bank. Sehen sich an, ohne ein Wort zu sagen; Jules rinnen zwei Tränen die Wange hinab.

MARIE: Weine nicht. Mach dir keine Sorgen. Komm schon; mir haben sie gesagt, daß sie dich bald freilassen.

Jules möchte sprechen, er kann nicht.

MARIE: Ich war bei allen Geschäftsleuten unserer Straße, sie werden einen Brief unterschreiben, in dem sie um deine Freilassung bitten und versichern, daß es sich um einen Irrtum handelt, daß du ein ehrbarer Mann bist.

JULES: Bist du im Laden gewesen? Hast du die Kasse abgeschlossen? Hast du das Telefon bezahlt?

MARIE: Ja; ich habe alles gemacht, du brauchst dich nicht zu sorgen.

JULES: Haben alle unterschrieben?

MARIE: Alle, außer dem Juwelier an der Ecke.

EIN GENDARM: *(Gutmütig, zu Marie)* Sehen Sie nun, daß er noch nicht tot ist?

MARIE: Ich bringe dir eine Decke und etwas zu essen. Möchtest du noch etwas?

DER GENDARM: Nicht nötig.

KOMMISSAR: *(Der im Vorübergehen die Szene sieht)* Wenn Sie noch etwas brauchen und holen wollen, begleiten wir Sie gerne in ihre Wohnung.

MARIE: Vielen Dank.

GENDARM: *(Der die Besuchszeit für beendet hält)* Gut.

Marie und Jules stehen auf, umarmen sich. Der Gendarm legt Jules die Hand auf die Schulter, der sich, ohne Marie anzusehen, losmacht und in das Zimmer nebenan tritt. Im Hintergrund studiert der Kommissar eine Karteikarte, die an einem Aktenschrank hängt.

MARIE: Behandeln Sie ihn gut, behandeln Sie ihn gut. Er ist eine Seele von Mensch, er hat nichts getan …

Durch die Tür zum Gang stößt ein anderer Gendarm einen Festgenommenen, der aus dem Mund blutet. Stille.

KOMMISSAR: *(Wütend)* Die sollen hier nicht rein!

DER ANDERE GENDARM: Er ist hingefallen. Ehrenwort: Er ist gestürzt ...

Der Gendarm schubst den Neuankömmling in das Zimmer nebenan, während Marie ihn verängstigt ansieht.

DER GENDARM: Seien Sie beruhigt, Madame, seien Sie beruhigt; hier wird jeder gut behandelt.

Raum der Festgenommenen

Jules öffnet das Päckchen, das Marie ihm gebracht hat. Ein junger Mann – sein Hungergesicht – blickt ihn an.

JULES: Was bist du?

HUNGERGESICHT: Kubaner.

JULES: Warum haben sie dich festgenommen?

HUNGERGESICHT: Ich war bei den Internationalen Brigaden.

JULES: Hast du einen Jean Hoffman kennengelernt?

HUNGERGESICHT: Aus welcher Brigade?

JULES: Das weiß ich nicht. Er ist schuld, daß ich hier bin.

EINER MIT IDIOTENGESICHT: Du bist ein Kubaner aus Mexiko, oder?

HUNGERGESICHT: Nein.

VILLANUEVA: *(Ein galizischer Riesenkerl, zu Jules)* Paß auf, der ist ein Spitzel.

JULES: *(Aufgeschreckt)* Wer?

Villanueva zuckt die Schultern, entfernt sich.

Metrostation

Marie steigt aus dem Zug. Sie geht hoch auf die Straße.

Die Straße

Marie kommt zu ihrem Haus. Es wird Abend. Die Laternen gehen an.

Treppe in Jules' Haus

Marie geht nach oben. Sie bleibt immer wieder stehen, erschöpft. Auf ihrer Hand am Geländer das letzte matte Tageslicht, das durch eine Fensteröffnung hereinfällt. Im dritten Stock wartet ein Mann in der Nähe der Tür, den Mantelkragen hochgeschlagen, den Hut tief ins Gesicht gezogen. Marie sieht ihn, als sie den Schlüssel ins Schloß steckt. Vor Schreck läßt sie den Schlüssel fallen. Jean tritt zu ihr, hebt ihn auf, öffnet die Tür.

JEAN: Geh rein.

Der Flur

Marie lehnt sich an die Wand, ohne daß die Spannung von ihr abfallen würde, während Jean die Tür schließt. Jean lächelt, nimmt den Hut ab, schlägt das Revers seines Mantels hinunter.

JEAN: Ich bin nicht der Teufel. Wo habt ihr gesteckt? Wo ist Jules? Ich war im Laden. Warum ist er geschlossen? Ich wollte nicht fragen. Hier habe ich einen Augenblick abgepaßt, in dem die Portiersloge leer war ...

MARIE: Sie haben ihn festgenommen ...

JEAN: Was?

MARIE: Du hast richtig gehört ... Bleib nicht hier stehen, komm rein.

Marie nimmt sich mit einer kraftlosen Handbewegung den Hut ab und geht ins Wohnzimmer; sie macht drei Schritte, bleibt stehen, dreht sich um, blickt Jean an, der noch immer im Vorzimmer steht.

MARIE: Komm rein.

Jean kommt herein, läßt sich in einen Sessel fallen.

JEAN: Erzähl ... was ist passiert?

MARIE: *(Setzt sich)* Sie haben ihn mit dir verwechselt.

JEAN: Das ist absurd. Konnte er nicht nachweisen ...?

MARIE: Was weißt du schon! Ich laufe von Pontius zu Pilatus und bin am Ende meiner Kräfte. Niemand beachtet mich, alle sagen, ja, sie werden es berichtigen, daß es ein Irrtum ist, eine Verwechslung ... »Bald« ... »Haben Sie Geduld ...« So geht das seit zehn Tagen, von hier nach dort, ohne eine Nacht zu schlafen.

Jean steht auf, tritt an den Balkon. Aus der Ferne Akkordeonmusik; Jean sieht über die schon fast nächtliche Dächerlandschaft; dann dreht er sich um, zögerlich.

JEAN: Wann?

MARIE: Das habe ich doch gesagt, vor zehn Tagen.

Jean geht im Zimmer auf und ab. Maries Blick folgt ihm verängstigt.

MARIE: Du bist geflohen?
JEAN: Offensichtlich.
MARIE: Ist es dir sehr schlimm ergangen?
JEAN: Wie allen.
MARIE: Was hast du vor?

Jean geht weiter auf und ab, dann bleibt er erneut stehen, am Fenster. Marie tritt zu ihm, umarmt ihn weinend. Jean drückt sie an sich, da bereut er es, faßt sie an den Schultern und hält sie ein Stück weit von sich weg.

JEAN: Gehen wir.
MARIE: Wohin?
JEAN: Wohin schon? In die Präfektur. Oder siehst du eine andere Lösung?

Marie setzt sich entmutigt in den Sessel. Kurze Pause.

MARIE: Bist du sicher, daß sie ihn daraufhin freilassen werden?
JEAN: Man muß es probieren.
MARIE: Und du?
JEAN: Sechs Monate Gefängnis wegen Ausbruchs, die vergehen schnell.
MARIE: Was hattest du in Spanien verloren?
JEAN: Sag besser, was haben wir alle dort verloren?
MARIE: Ich verstehe es einfach nicht.
JEAN: Laß sein.

Die Ufer der Seine. Nacht

Marie und Jean an die Brüstung gelehnt. Ganz langsam wird es Tag.

JEAN: Du willst die Realität nicht sehen.

MARIE: Wenn du dich nicht hättest hinreißen lassen, wäre Jules nicht dort, wo er jetzt ist, und du wärst nicht auf der Flucht und kurz davor, wieder ins Lager zu kommen, oder ins Gefängnis.

JEAN: Du willst also duldsam sein wie ein Schaf oder eine Pflanze? Willst du nicht deine Freiheit schützen?

MARIE: Dazu nur soviel: Wie wir dran sind, du, Jules, ich, das nennst du die Freiheit schützen?

JEAN: Erinnerst du dich, daß wir vor drei Jahren eine ähnliche Diskussion hatten?

MARIE: Das war kurz nachdem wir uns kennengelernt hatten; ich ging noch ins Mabillon. Wir saßen in einem Café am Trocadéro ... Du hast am Bau des belgischen Pavillons gearbeitet.

JEAN: Ich sagte dir, daß ich dich liebe ...

MARIE: Die Zeitungen sprachen vom bevorstehenden Fall von Madrid.

JEAN: Das noch über zwei Jahre Widerstand leistete ... Am nächsten Tag ging ich fort ... Du hast mich vor die Entscheidung gestellt, entweder du oder meine Pflicht. Sechs Monate später hast du Jules geheiratet.

MARIE: Ich war dir nicht versprochen.

Die sanfte Strömung des Flusses.

JEAN: Ich werfe dir nichts vor. Jules ...

MARIE: Was hast du über deinen Bruder zu sagen?

JEAN: Nichts, so blind wie du. Ich nehme an, ihr seid sehr

glücklich; ein Maulwurfsglück, das genügt euch offenbar.

MARIE: Da kannst du dir sicher sein.

JEAN: Ohne das Körnchen Salz, das das Meer von den Flüssen unterscheidet.

MARIE: Die Flüsse sind auch schön, Jean: ruhiger.

Das langsame Fließen des Wassers. Es ist Tag geworden. Notre-Dame. Die Präfektur.

Das Büro des Kommissars. Tag

Jean tritt zwischen zwei Gendarmen heraus. Marie spricht mit Louis, dem Kommissar. Ein anderer Polizist, Pierre, ordnet einige Papiere auf seinem Tisch.

MARIE: Wann lassen Sie meinen Mann frei? Jetzt haben Sie den lebenden Beweis für die Verwechslung. Es gibt keinen Grund mehr ...

LOUIS: Sofort, aber es sind noch einige Formalitäten zu erledigen, nicht wahr? Haben Sie Geduld, eine Sache von zwei oder drei Tagen.

Marie senkt den Kopf und geht hinaus.

PIERRE: Und?

LOUIS: Wir werden sehen. Von diesen ganzen Ausländern würde ich, wäre ich die Regierung, nicht einen einzigen übriglassen. Zur Legion oder ins ...

Der Raum der Festgenommenen. Nacht

Villanueva unterhält sich in einer Gruppe, in der sich neue Festgenommene befinden, die wir nach und nach kennenlernen werden: Scarsi, Gualdi, Mantecón, der Belgier. Der Hinkende und Jules hören zu.

VILLANUEVA: Nein, das ist doch ganz einfach. Fünf Tage behielten sie mich in der Präfektur in Lille: Entweder du meldest dich zur Fremdenlegion, oder wir schicken dich nach Spanien zurück. Was habe ich in der Legion verloren?

DER POLNISCHE GRAF: Warum gehen Sie nicht zurück nach Spanien?

VILLANUEVA: Unter anderem, weil ich keine Lust habe.

Der polnische Graf entfernt sich, hochnäsig.

SCARSI: Dreitausend Francs Handgeld, für fünf Jahre.

DER BELGIER: Nach dreien kannst du schon Franzose werden, wenn du willst.

SCARSI: Zweihundertfünzig Francs monatlich.

STADTSTREICHER: Um in den Kongo zu gehen, haben sie nur einen Franc pro Tag geboten.

VILLANUEVA: Und du bist nicht gegangen?

STADTSTREICHER: Nun ja, außerdem bekam man eine Arbeit.

VILLANUEVA: Und weil ich mich nicht freiwillig gemeldet habe, gaben sie mir zehn Tage, um Frankreich zu verlassen. Wohin sollte ich gehen? Am elften Tag brachten sie mich hierher.

JULES: *(Zu Mantecón)* Und Sie, warum sind Sie hier?

MANTECÓN: Weil ich ein roter Spanier bin.

JULES: Ah!

MANTECÓN: Wundert Sie das?

JULES: Oh, nein.

MANTECÓN: Mich schon.

Der Rumäne, speckig, schmierig, tritt zu Mantecón, der ihn, nachdem er ihn hat reden hören, von oben bis unten ansieht.

DER RUMÄNE: Nicht zu fassen, Genosse!

MANTECÓN: Und Sie, wer sind Sie?

RUMÄNE: Ich bin Rumäne. Und Kommunist.

MANTECÓN: Sieh an, sieh an.

RUMÄNE: Als sie mich gefragt haben, habe ich sofort ja gesagt. Warum Lügen erzählen, nicht wahr?

MANTECÓN: Klar, und als was hast du gearbeitet?

RUMÄNE: *(Zeigt ihm seine Hände)* Siehst du das nicht? Metallarbeiter.

MANTECÓN: Und du hattest keine Zeit, sie dir zu waschen?

RUMÄNE: Nein. Du bist Kommunist, stimmt's?

MANTECÓN: Ich, nein.

RUMÄNE: Aus welcher Ecke bist du?

MANTECÓN: Aus Aragón.

RUMÄNE: Ah!

Ein Gendarm tritt ein, bewaffnet, mit Blatternnarben übersät.

GENDARM: Stillgestanden!

DER POLNISCHE GRAF: Sie bringen uns ins Lager ...

DER METALLARBEITER: *(Zum Gendarm)* Ins Stadion?

GENDARM: Das werden Sie schon sehen.

JULES: Der Kommissar hat mir versprochen, daß ich mit ihm zusammen zuhause vorbeigehen darf, um ein paar Sachen zu holen.

GENDARM: Was für Sachen?
JULES: Kleidung, irgendeinen Napf ...
GENDARM: Chef, hier ist einer, der sagt, daß Sie ...

Das Zimmer nebenan

DER KOMMISSAR: *(Mit einer Liste in der Hand)* Daß ich was?
JULES: *(Schaut herein)* Sie haben mir versprochen, daß ich nach Hause gehen darf, um ...
DER KOMMISSAR: Haben Sie eine Decke?
JULES: Zwei ...
DER KOMMISSAR: Dann haben Sie schon eine zu viel ...
JULES: Aber ...

Der Kommissar sieht ihn streng an, Jules senkt den Kopf und zieht sich zurück.

Der Gang in der Präfektur

Die Festgenommenen, in Zweierreihen aufgestellt, von Wachmannschaften eskortiert; hinterdrein geht der Hinkende auf seinen Krücken.

Hof der Präfektur

Die Festgenommenen steigen auf Lastwagen.

Die Straßen von Paris.
Das Innere des Lastwagens

Die eingezwängten Festgenommenen. Jules, und neben ihm ein blatternnarbiger Arbeiter.

DER BLATTERNNARBIGE: Mir mußte keiner etwas sagen. Mich hat der Stadtrat meines Viertels zum Kommunisten gemacht, ein Radikalsozialist, der mit meiner Mutter ins Bett ging. Außerdem ein Lump.

JULES: Er hat gestohlen?

DER BLATTERNNARBIGE: *(Lacht auf)* Ach was! Die Kasse hat er nicht gerade aus dem Rathaus getragen. Aber wenn er zum Beispiel erfuhr, wo der neue Markt errichtet werden sollte, kaufte er die Grundstücke.

JULES: Wußte Ihre Mutter nichts davon?

DER BLATTERNNARBIGE: Doch.

JULES: Hat sie das nicht ausgenutzt?

DER BLATTERNNARBIGE: Sie hätten das gut gefunden, klar ...!

Jules weiß nicht, was er antworten soll.

Das Stadion Roland Garros
von außen

Umgeben von Parkanlagen; Bäume, Vögel, Blumen; die Festgenommenen steigen von den Lastwagen. Ein bewaffneter Gendarm alle drei Meter. Vorneweg der Hinkende mit seinen Krücken, verlangsamt den ganzen Trupp. Der Feldwebel, groß, dick, schnauzbärtig, kommt brüllend auf die Gefangenen zu.

FELDWEBEL: Vorwärts, vorwärts! Was ist das? Was ist das denn für eine Mauleselkarawane! Los! Los! Los! Los!

Die Wachmänner ihrerseits treiben sie alle an.

WACHMANN: Los! Los! Wird's bald.

Die ersten Festgenommenen überholen den Hinkenden. Ein Hund – ein Foxterrier – springt und bellt verspielt. Während er über den Rasen rennt, nähert sich der Feldwebel den Stadiontribünen; der Hund springt an ihm hoch. Der Feldwebel versucht vergeblich, ihm einen Fußtritt zu verpassen.
Die Unterkunft der Festgenommenen befindet sich unter den Tribünen. Links und rechts vom Eingang zwei Latrinenunterstände, offen nach allen Windrichtungen. Von den Treppen, die ins Stadioninnere führen, blicken einige Gefangene auf die Neuankömmlinge. Zwei Gendarmen drängen sie nach hinten, ohne Nachsicht.

ERSTER GENDARM: Ihr bekommt sie noch früh genug zu sehen.

ZWEITER GENDARM: *(Zu einem gut gekleideten Festgenommenen)* Hörst du schlecht?

GUT GEKLEIDETER FESTGENOMMENER: Wer hat Ihnen erlaubt, mich zu duzen?

Durch den Park rückt der Gefangenenzug näher. Ein Gendarm mit einem Papier in der Hand geht voraus.

DER VORAUSGEHENDE GENDARM: Also, wer ist der Gruppensprecher?

Der Grieche bahnt sich zwischen den Gaffern einen Weg nach vorne.

GRIECHE: Zu Befehl.
GENDARM: Platz machen für sechzig.
GRIECHE: Wir passen jetzt schon nicht mehr rein!

Die Festgenommenen sind am Fuß der Treppe angekommen. Einige grüßen von weitem andere Bekannte. Unter ihnen El Largo.

FELDWEBEL: *(Zu den Neuankömmlingen)* Ruhe! Stillgestanden! Paarweise eintreten. Hört ihr schlecht?
DER BLATTERNNARBIGE: Wenn Sie sagen Ruhe, wie wollen Sie dann, daß wir eintreten?
FELDWEBEL: *(Zeigt ihn einem Wächter)* In den Kerker abführen, sofort.
DER BLATTERNNARBIGE: Ich? Ich habe nichts gesagt. *(Neben ihm steht Jules)* Du, hast du was gehört?
JULES: Ich?

Die Festgenommenen gehen nacheinander hinein, während einige Nachzügler und der Hinkende ankommen.

EL LARGO: *(Über den Hinkenden)* Dort kommt die größte Gefahr für Frankreich.

Der Hinkende kommt näher, erreicht ermattet die Treppen. Um ihm beim Hineingehen zu helfen, stützen ihn zwei Festgenommene. Die Arme des Hinkenden, ausgebreitet über die Schultern seiner Kameraden gelegt, die seine Krücken tragen. Gegenlicht: der Krüppel und seine beiden Kameraden zeichnen sich vor dem blauen Himmel ab; das Tor als Rahmen.

Das Innere der Stadiontribüne

Eintritt des Hinkenden in den Armen seiner Kameraden, leicht zu erkennen als Bild einer Kreuzigung. Mehrere Neuankömmlinge grüßen ihre Bekannten; währenddessen notiert der Grieche Vor- und Zunamen der »Neuen«, die sich um ihn scharen. Die Tribüne, die das geneigte Dach der Unterkunft bildet, ist am Eingang sechs Meter hoch und läuft in einem spitzen Winkel mit dem Boden zusammen. Die Menschen schlafen auf dem Erdboden, in langen Reihen, auf losem Stroh.

GRIECHE: Wie heißen Sie?
EINER: Rodríguez.
GRIECHE: Spanier?
RODRÍGUEZ: Ja.
GRIECHE: Nächster. Wie heißen Sie?
FESTGENOMMENER: Dupont.
GRIECHE: Nationalität?
FESTGENOMMENER: Belgier.
JULES: *(Zu dem Griechen)* Mich werden Sie gleich wieder freilassen.
GRIECHE: Nachname?
JULES: Hoffman.
GRIECHE: Deutscher?
JULES: Um Gottes Willen.
GRIECHE: Welche Nationalität?
JULES: Das weiß ich nicht mehr.
GRIECHE: Nächster. Wie heißen Sie?
HALBSTARKER: Was geht Sie das an?

Der österreichische Aristokrat inspiziert bestürzt das Innere der Höhle.

DER ÖSTERREICHISCHE ARISTOKRAT: Hier kann ich nicht wohnen.

Professor Radványi tritt zu Professor Leslau.

RADVÁNYI: Ich habe gehört, Sie sind Professor.

LESLAU: Ja, für Sanskrit, am Seminar für Orientalistik an der Sorbonne.

RADVÁNYI: Radványi, Professor der Soziologie an der Universität Heidelberg.

Nebendran Rodríguez und Villavueva.

RODRÍGUEZ: Wo hast du gedient?

VILLANUEVA: Im 46.

RODRÍGUEZ: Mit Galán?

VILLANUEVA: Ja.

Nebendran der polnische Graf und Mantecón.

POLNISCHER GRAF: Hier haben sie uns alle zusammengeworfen. Gauner und anständige Leute. *(Zu Mantecón)* Und Sie, was sind Sie?

MANTECÓN: Gauner.

Nebendran Weissman und Weindal.

WEISSMAN: Ich habe ein Geschäft in der Rue Faubourg du Temple.

WEINDAL: Was haben Sie verkauft?

WEISSMAN: Was heißt, haben verkauft? Ich verkaufe Eisenwaren.

Nebendran Pinto.

PINTO: Ich habe eine Fleischerei am Boulevard Raspail; weil der Hausbesitzer den Laden haben will, hat er mich als Kommunist denunziert. Ich war nie irgendwo dabei; bei den Linken, ja, aber auch nicht richtig.

Nebendran Jules.

JULES: Bei mir, noch nicht einmal das: Sie lassen mich gleich wieder frei. Und diese ganzen Leute, was sind das für welche?

PINTO: Alles mögliche. Der dort ist ein ungarischer Exminister. Dieser, der dicke Rothaarige, ein holländischer Fabrikant ... doch, ein Käsefabrikant, sehr bedeutend.

JULES: Und warum ist er hier?

Pinto zuckt die Schultern.

PINTO: Wissen Sie es?

JULES: Und der dort?

PINTO: Ein Mörder.

JULES: Und gibt es Diebe?

PINTO: Massenhaft, aber Sie müssen nicht aufpassen, hier stehlen sie nichts; wir sind alle Kameraden.

JULES: Wie lange sind Sie schon hier?

PINTO: Drei Wochen.

JULES: Lassen sie Sie nicht frei?

PINTO: Bald: Mein Antrag liegt bereits bei der Kommission des Ministerialausschusses.

Nebendran ein halbentblößter junger Mann, der seine Kleider nach Flöhen absucht.

JULES: Und Sie, warum sind Sie hier?

JUNGER MANN: Aus Blödheit.

Ein bürgerliches Wohnzimmer

Marie – steif, angespannt – mit ihrer Freundin Juliette.

JULIETTE: Nie wolltest du auf mich hören. Mir jedenfalls hat Jules nie gefallen.

MARIE: *(Bitter)* Wäre auch noch schöner.

JULIETTE: Versteh mich nicht falsch.

MARIE: Wie soll das gehen? Wo du immer klarer warst als das Wasser.

JULIETTE: So bin ich.

Eine Pause: Kanarienvögel im Käfig. Ein Familienfoto mit vielen Leuten.

MARIE: Du kannst also nichts machen?

JULIETTE: Nein.

MARIE: Auch wenn du wolltest?

JULIETTE: Du sagst es. Ich bin sehr französisch. Jules hat sich sicher nichts vorzuwerfen, aber er ist Ausländer.

MARIE: Ja.

JULIETTE: Das ging so weit, daß er oft schwieg, damit man seinen Akzent nicht bemerkte.

MARIE: Ist dir das aufgefallen?

JULIETTE: Aber das sagte ich doch. Immer mußte alles nach deinem Kopf gehen. Und wo du keine Familie hast ...

MARIE: Ist das auch schlecht?

JULIETTE: Zwing mich nicht, etwas zu sagen, was ich nicht will. Wir waren immer gute Freundinnen.

MARIE: Und dein Mann?

JULIETTE: Eingezogen; im Ministerium, aber eingezogen.

MARIE: Um so eher könntest du etwas tun.

JULIETTE: Um sie darauf aufmerksam zu machen?

MARIE: Der Krieg macht die Menschen schlecht.

Das Innere der Stadiontribüne

Jules und der junge Mann setzen ihr Gespräch fort, genau an der Stelle, an der wir uns von ihnen abgewendet haben.

JUNGER MANN: Ich habe an der Kunstakademie studiert; für meinen Lebensunterhalt habe ich Werbebilder gezeichnet. Meine Eltern haben mir zwar Geld geschickt, aber weil sie Juden sind und Deutsche, hat man ihnen natürlich alles weggenommen; ich hatte einen Arbeitsvertrag für Nordamerika; am Tag meiner Abreise hat die Polizei mich festgenommen.

JULES: So ein Pech!

JUNGER MANN: Just an diesem Tag verfiel mein *recipissé*. Sie brachten mich auf die Präfektur, mit dem Spruch, es sei eine Sache von ein paar Stunden. Aber sie sperrten mich mit einem Italiener ein, der aus der Littorio-Division abgehauen war. Sie zogen ihm die Schuhe aus, schlugen ihm auf die Füße, damit er ihnen sagt, wo sich irgendwelche seiner Kameraden verstecken. Er redete nicht, ich war es, der gebrüllt hat. Steh auf, sagten sie zu mir. Ich stand auf, und sie schlugen mich, bis ich zusammenbrach; wieder ließen sie mich aufstehen; dann mußten sie mich hinstellen und gaben es mir immer weiter. *(Lacht)* Sehen Sie. *(Zeigt ihm das Zahnfleisch)* Dann war ich sechzehn Monate im Gefängnis von Poissy.

EIN RUSSE: In welcher Galerie?

JUNGER MANN: In der zweiten ... Sie verknackten mich zum Gehen, weil ich gezeichnet habe ...

JULES: Zum Gehen?

JUNGER MANN: Ja, zwölf Stunden am Stück, von sechs Uhr morgens bis sechs Uhr abends, in einem geschlossenen Raum, im Zickzack. Wir waren dreißig, und wenn du stehenbliebst, trieben sie dich mit einem scharfen Hieb wieder an ... Nach vierzehn Tagen schickten sie mich in den Strafbunker: damit ich zeichnen lernte; du kannst mit niemandem sprechen, du kannst den Kopf nicht umdrehen, du kannst nichts ... Ich will nicht klagen, ich bin aufgestiegen. Jetzt sehe ich die Dinge von weiter oben.

In einer Ecke spielen ein paar Männer Karten; etwas weiter weg andere, die Schach spielen. Zwei oder drei schreiben. Schlesinger, ein alter Jude, geht bettelnd von Tisch zu Tisch. Zwei Italiener singen Opern im Falsett. Ein Spanier ist da, der liest; ein anderer singt leise Flamenco. Einige schlafen; zwei schnarchen. Ganz hinten drängen sich die Politischen und reden. In einer Ecke liest jemand laut die Zeitung vor fünfzehn bis zwanzig gierigen Zuhörern. Zwei zeichnen; Decken und aufgehängte Orangenschalen. Staub, Schmutz; auf dem Boden sieben Reihen Strohsäcke: fast zweihundert Männer. Um ein Kohlebecken eine raunende Menge, die nach einer Gelegenheit zum Kochen oder Erhitzen von Wasser verlangt. Ein Alter in Unterwäsche flickt seine Hose; ein Junger bügelt. An der Tür zwei Reihen Festgenommene, die für die Latrinen anstehen.
Ein Soldat kommt herein, geht auf den Asturi zu, einen kleinen Mann, schmutzig, unrasiert. Der Soldat zieht zwei Flaschen Wein aus seiner Uniformjacke.

SOLDAT: Acht Francs.
DER ASTURI: Sagen wir sechs.
SOLDAT: Acht, oder ich nehme sie wieder mit.

Der Asturi zahlt und geht in eine Ecke, wo er seine Ware auszurufen beginnt.

DER ASTURI: *(Anpreisend)* Molto billig! Ein Franc das Glas. Molto billig! Los!

Einige Festgenommene umringen den Asturi und den Soldaten, der ihm gefolgt ist.

SOLDAT: Lädst du mich nicht ein? *(Der Asturi schenkt ihm ein Glas ein)* Auf einem Bein ...

Der Asturi schenkt ihm noch ein Glas ein. Nebendran einige Pokerspieler, am Boden sitzend; einer der Spieler nimmt sein Goldgebiß heraus, als Einsatz.

SPIELER: Es geht alles.

Der österreichische Aristokrat, die Hände über dem Bauch, geht niedergeschlagen umher.

PROFESSOR RADVÁNYI: *(In seine Richtung blickend)* Er sagt, er könne nicht arbeiten.
PROFESSOR LESLAU: Seit drei Tagen ist er so.
PROFESSOR RADVÁNYI: Er wird sich schon eingewöhnen.
PROFESSOR LESLAU: Oder zugrunde gehen.
PROFESSOR RADVÁNYI: Das ist das gleiche.

Scarsi stimmt eine Gitarre; fängt an, ein neapolitanisches Lied zu spielen. Villanueva, der neben ihm liegt, steht auf und geht zur Tür zu Caamaño.

VILLANUEVA: Diese Italiener sind unerträglich.
CAAMAÑO: Warum?
VILLANUEVA: Dieses ewige Geträller ... Als hätten sie einen Springbrunnen in der Kehle.
RADVÁNYI: Singen Sie nicht?

VILLANUEVA: Muñeiras ... Das ist etwas ganz anderes!

RADVÁNYI: Warum stellen wir nicht ein kleines Fest auf die Beine? Jeder singt seine Lieder ...

VILLANUEVA: *(Sarkastisch)* Wie im Film.

Inneres der Tribüne

Nacht, spät. Aus Gottes Perspektive die Schlafenden oder Wachenden. Das blinde Profil von Neves (einem einäugigen Portugiesen), das von dieser Seite aus mit der leeren Augenhöhle an den Tod gemahnt. Husten, Röcheln, einer, der unverständlich flüstert.

STIMMEN: Pst! Pst! Pst!

Neben Neves schläft der polnische Graf.

POLNISCHER GRAF: *(Im Traum)* Ich werde ihnen allen den Hals umdrehen, allen.

SCHLESINGER: *(Zu Caamaño)* Sag Paal, er soll mir etwas Tabak geben. Monsieur Rucart hat mir gesagt, ich soll ihm sagen, daß er mir was geben soll. Vielleicht können sie eine Kollekte für mich machen, meinen Sie nicht? Ich war immer auf der Seite der Spanischen Republikaner.

Caamaño schweigt, stellt sich schlafend. Schlesinger dreht sich auf die andere Seite, wo Radványi liest, im Schein einer elektrischen Lampe.

SCHLESINGER: Es ist mir eine Ehre, an Ihrer Seite zu schlafen. Ich kenne keinen weiseren Menschen auf der Welt.

Neben Radványi, Pinto.

PINTO: *(Zu Radványi)* Das Schlimme ist dieses Nichtwissen, wie lange man hier sein wird. Wäre es für einen Monat, zwei oder drei, für ein Jahr, man könnte zählen. Zählen, verstehen Sie? Das wäre auf jeden Fall ein Trost. Aber so ... abhängig zu sein von irgend jemandes Laune ...

Etwas weiter, hinter einer Reihe Schlafenden, tuscheln zwei gut gekleidete Festgenommene.

DER GUT GEKLEIDETE: *(Zu dem anderen)* Hier gibt es alles, was man will. Alles eine Frage des Geldes, oder des Tabaks, oder des Weins, was bekanntlich dasselbe ist.

Nebendran schläft, ruhig, einer mit tätowierter Brust, auf der deutlich zu lesen steht: FATUM. Dicht bei ihm reden ganz leise zwei Deutsche.

OLDEN: Das Alleinsein ist die Mutter der Lüge.

LANDSBERG: Glaubst du?

OLDEN: Wenn sie nur lange genug allein sind, glauben sie irgendwann alles, was man ihnen erzählt. Wer erinnert sich seiner selbst so wie er ist? Niemand sagt die Wahrheit.

LANDSBERG: Aus Vorsicht ... So sagt man doch: Lieber Vorsicht als Nachsicht.

OLDEN: Das kommt noch hinzu.

Gegenüber zwei Alte.

ERSTER ALTER: Unmöglich, zu schlafen.

ZWEITER ALTER: Sie sind schuld.

ERSTER ALTER: Aber Sie schnarchen doch.

ZWEITER ALTER: Da sieht man's, sich selbst hört man nicht!
ERSTER ALTER: Sie schnarchen lauter.
STIMMEN: Pst!
ERSTER ALTER: *(Zum zweiten)* Nichts Pst, das können Sie sich abschminken. Sobald ich sehe, daß Sie schlafen, rüttle ich Sie.

Der zweite Alte greift nach einem Schuh und versucht, den anderen zu schlagen. Sie raufen. Man trennt sie.

ZWEITER ALTER: Morgen reden wir wie zwei Männer, vorausgesetzt, Sie sind dazu fähig ...
SCARSI: Ruhe, Raben! Ich will schlafen!

Scarsi zieht sich die Decke über den Kopf. Neben ihm redet Villanueva weiter auf ihn ein.

VILLANUEVA: Ich ging in den Laden an der Ecke und bat um sechs faule Eier. Sie sind für eine Medizin, habe ich gesagt. Dann ging ich zum Kino und warf sie vom Haupteingang aus hinein.

Neben ihm schläft der Hinkende, eingerahmt von seinen Krücken.

EIN ANDALUSIER: *(Zeigt Jules einen Brief)* Sehen Sie, was sie mir schreibt ...
JULES: Sie haben es mir bereits vorgelesen.
EIN ANDALUSIER: *(Auswendig)* »Morgen muß ich zu Maître Scop gehen, er hat mir versichert, daß du nächste Woche freikommst und daß du selbstverständlich nicht nach Vernet kommst. Er wollte noch einmal fünfhundert Francs von mir. Ich mußte die Nähmaschine verpfänden, aber keine Sorge, Margarita hat mir gesagt, daß ich bei

ihr nähen kann. So daß die Arbeit nicht liegenbleibt. Die Kinder sind sehr stolz, daß du festgenommen bist, weil Totós Papa das auch ist. Paß gut auf dich auf, du weißt zu gut, daß du anfällig bist.«

Andere Schlafende. In der hinteren Reihe, Orléans und El Largo.

ORLÉANS: Woher kommst du?
EL LARGO: Ich? Aus Valencia.
ORLÉANS: Tolle Stadt! Von dort und aus Krakau kommen die besten Taschendiebe.
EL LARGO: Du kommst aus Krakau.
ORLÉANS: Offenbar bist du nicht ganz dumm. Aber hier gibt es nichts zu holen, Valencianer.

Schlesinger, auf allen Vieren, hat sich herangepirscht.

SCHLESINGER: *(Zu Orléans)* Hast du nicht ein bißchen Schokolade? *(Zu El Largo)* He, hast du eine Zigarette?

Nebendran reden zwei kräftige Kerle, rauchen.

DER METALLARBEITER: Nichts als Gauner und Diebe hier, wo man hinsieht. Eine Schande. Was hast du gearbeitet?
DER BELGIER: O Mann! Ich habe immer von den Frauen gelebt.

Etwas weiter schläft ein Schwarzer, der ein weißes Taschentuch um den Kopf gebunden hat, neben einem wabbeligen Alten – Chamberlain –, der aussieht wie in einem Sarg, umgeben von vier Brettern. Neben ihm reden leise Mantecón, kleinwüchsig, und der Riesenkerl, den wir schon aus der Präfektur kennen.

MANTECÓN: Und du, warum bist du hier?

RIESENKERL: Weil ich im Lotto gewonnen haben. Mach nicht so ein Gesicht. Wirklich. Ein Freund wollte, daß ich ihm die Hälfte abgebe. Und weil ich sie ihm nicht geben wollte, denunzierte er mich, und da bin ich.

MANTECÓN: Er hat dich angeklagt, für was?

RIESENKERL: Für was wohl? Das Totschlagargument: Kommunist.

Nebendran zwei Zerlumpte.

ERSTER ZERLUMPTER: Nein, sieh her, mir kannst du nichts erzählen: Die besten Gefängnisse sind die schweizerischen, und vor Hitler waren es die deutschen.

ZWEITER ZERLUMPTER: Kein Vergleich mit den holländischen!

Weiter hinten in der Reihe spricht Rancaño mit einem verschreckten Jungen.

RANCAÑO: Nur die Feiglinge sagen aus, und wer keine Ahnung hat. Wer Bescheid weiß, schweigt.

Ihnen gegenüber ein weiterer Junge, lächelnd, damit beschäftigt, sich aus einem Teller, einem Stock und einem Stück Draht ein Banjo zu bauen. Direkt neben ihm redet der Stadtstreicher mit Pifarré, einem fetten Spanier.

STADTSTREICHER: Wozu lesen? Um sich eine Vorstellung zu machen, müßte man alles lesen, was geschrieben worden ist ...

Außen auf der Tribüne. Nacht

Caamaño, sitzt auf der Treppe zur Latrine (ein ständiges Rein und Raus), unterhält sich mit einem Wachsoldaten.

CAAMAÑO: Woher kommst du?
WACHSOLDAT: Von hier. Aus Paris.
CAAMAÑO: Was erzählt man draußen so?
SOLDAT: Nichts. Ich finde das hier beschämend.
CAAMAÑO: Warum?
SOLDAT: Hast du in Spanien gekämpft?
CAAMAÑO: Klar.
SOLDAT: Ich war im Hilfskomitee meines Viertels. Es ist mir unbegreiflich, warum ihr hier seid. Wenn sie die Antifaschisten festnehmen, was für ein Krieg ist das dann? Gegen wen kämpfen wir? Die fünfte Kolonne seid nicht ihr. Geh: die Ablösung.

Die Ablösung kommt. Wachwechsel. Der Soldat, der nun da bleibt, ist sichtlich betrunken.

ASTURI: *(In die Tür gelehnt)* Jetzt seht her, pst!

Der Asturi schenkt vier Gläser Cognac ein. Er geht hinaus und stellt sie auf den Latrinenboden in einer Reihe. Im Mondlicht starrt der Soldat auf die Gläser. Er kommt näher. Schaut sich um und trinkt eins. Dann pfeift er. Ein anderer Wachmann kommt; noch einer; sie trinken.

PINTOS STIMME: Jemand hat die Milch geklaut!

Das Innere der Tribüne

Einige richten sich auf, andere stehen auf und laufen herbei.

PINTO: Jemand hat die Milch geklaut!

WEISSMAN: Das kann nicht sein! Wir sind hier nicht auf der Straße. Wer war das? Draußen darf meinetwegen jeder ein Dieb sein, aber hier sind wir Kameraden. Wer war das?

RIESENKERL: Wer war es?

Langes Schweigen. Alle sehen sich fest an. Aus dem hinteren Teil des Raums ertönt eine Stimme.

NIKO: *(Mit dummem Gesicht und vier Flaschen Milch)* Ich.

PINTO: Warum hast du die Milch geklaut? Hast du Hunger?

NIKO: Ja.

PINTO: Trink sie.

NIKO: Nein.

RIESENKERL: Trink sie oder ich schlag dir das Gesicht ein.

Niko trinkt eine Flasche Milch. Dann die nächste. Angsterfüllt starrt er die anderen an, geht auf Pinto zu.

WEISSMAN: Elender Dieb!

SCHLESINGER: Eine Schande!

NIKO: *(Reicht Pinto eine Flasche)* Nimm, ich schenk sie dir.

PINTO: Nein.

NIKO: Willst du einen Liter Wein?

PINTO: Nein.

Niko kehrt traurig in seine Ecke zurück. Alle verfolgen die Szene. Plötzlich rennt er zur Tür. Orléans stellt ihm ein Bein. Er bringt ihn zu Fall; nimmt eine Milchflasche, die Schlesinger ihm reicht, und versucht, sie ihm einzuflößen. Radványi schreitet ein.

RADVÁNYI: *(Im Befehlston)* Genug jetzt. Wer kann, soll weiter schlafen.

Außen vor dem Stadion

Es wird Tag. »Boby« schnuppert entlang der Beete und Rabatten.

Das Innere der Tribüne

Fast alle schlafen. Weissman zählt sein Geld. Der polnische Graf näht den Knopf an seinem Hosenschlitz an. Wieder das Totenkopfprofil von Neves; matte Sonne, Dämmerlicht. Auf einmal geht das Tor auf und der Grieche tritt mit einer Liste in der Hand ein.

GRIECHE: Alfred Kahn, Antonio Caamaño, Rigoberto González, Luigi Puccini …

Die Häftlinge stehen nach und nach auf. Unter ihnen einige lächerliche Gestalten: ein Dicker im Unterhemd, ein anderer mit Bartbinde. Chamberlain – Haut und Knochen – macht Gymnastik. Luigi Puccini ist ein hübscher Knabe, still, folgsam.

JULES: Was für eine Liste ist das?

RADVÁNYI: Die Namen derer, die heute nach Vernet abfahren. Sie brauchen Platz hier.

An einem improvisierten Tisch haben zwei dicke Juden (Orléans und Weissman) angefangen, Karten zu spielen. Plötzlich packen sie sich gegenseitig am Kragen und raufen, wälzen sich im Stroh. Die anderen gucken zu.

GRIECHE: *(Schreit)* Ruhe! *(Liest weiter)* Rafael Rodríguez, Boleslas Wichirski, Jules Renard, Claude Michel, Nicolas Levison.

Jules, zusammen mit drei anderen, sieht dem Ringkampf zu, während der Grieche weiter Gefangene aufzählt.

JULES: *(Über die Streithähne)* Warum?
MANTECÓN: Falschspieler.
JULES: Wer?
MANTECÓN: Beide.

Pfiff des Feldwebels in der Tür.

FELDWEBEL: In die Duschen, alle außer denen, die abfahren! *(Zu Jules)* Die hat es schon sauber erwischt.

Allgemeine Bewegung. Einige stellen sich in einer Reihe auf, andere holen Seife, Handtücher. Der Feldwebel geht zu Chamberlain, der sich ins Stroh zurückgelehnt hat.

FELDWEBEL: Hast du nicht gehört?

(Chamberlain erhebt sich langsam)

FELDWEBEL: Hörst du mich nicht? Aufstellen für die Dusche!

CHAMBERLAIN: Das verbietet mir meine Religion.

FELDWEBEL: *(Zu dem Griechen und zu Weissman)* Bringt ihn her.

Sie ziehen ihn hoch, trotz seines Widerstands.

Die Duschen

Zwölf in einer Reihe, ohne Abtrennungen. Sechsunddreißig Festgenommene. Eine Gruppe, die sich ankleidet, eine andere, die sich entkleidet, eine weitere, die sich wäscht. Letzteren erteilt der Feldwebel Befehle.

FELDWEBEL: Einseifen!

In einer Ecke Chamberlain, angekleidet, zwischen zwei Soldaten mit aufgepflanzten Bayonetten.

FELDWEBEL: Abduschen!

Der Feldwebel dreht sich zu Chamberlain um.

FELDWEBEL: Wasser abdrehen! Jetzt du. *(Zu denen, die sich gerade duschen)* Abtrocknen! Anziehen! Schnell! Raus! Macht Platz für die nächsten! Ausziehen!

Jules hat seine Kleider neben Chamberlain liegen.

FELDWEBEL: *(Geht auf Chamberlain zu)* Hast du mich gehört?

CHAMBERLAIN: Meine Religion verbietet mir, mich vor anderen auszuziehen …

FELDWEBEL: Wenn es nur das ist …

Er packt ihn am Kragen, schleppt ihn vor eine der Duschen und gibt den Soldaten ein Zeichen, woraufhin sie den Alten in Kleidern unter den Wasserstrahl stoßen.

FELDWEBEL: Wasser!

CHAMBERLAIN: Nein! Nein!

Das Innere der Tribüne. Nacht

Der Hinkende und der Grieche unterhalten sich, an einem Tisch sitzend.

GRIECHE: Damals hatte ich ein Schönheitsinstitut; von dort aus wurde ich Sekretär von Bataille, dem Senator.

HINKENDER: Warum holt er dich nicht raus?

GRIECHE: Weibergeschichten, aber Sorgen mache ich mir keine; er wird es schon noch tun. Und du, hinkst du von Geburt an?

HINKENDER: Nein, ein Geschenk der Polizei meines Landes.

GRIECHE: Du bist Ungar, oder?

HINKENDER: Ja.

GRIECHE: Du bist Kommunist, oder?

HINKENDER: Nein. Aber bei dem, was ich in letzter Zeit sehe, bekomme ich Lust dazu.

GRIECHE: Und deine Freunde?

HINKENDER: Welche Freunde?

GRIECHE: Die, mit denen du immer zusammensteckst.

HINKENDER: Ich rede mit jedem.

GRIECHE: Sag mal, dieser Katalane da, der gestern gekommen ist, ist der Kommunist?

HINKENDER: Weiß ich nicht. Außerdem ist es mir egal.

GRIECHE: Wenn du doch immer mit ihnen zusammen bist …

HINKENDER: *(Im Aufstehen)* Ich bin mit allen zusammen.

Etliche schnarchen. Auf einmal röhrt einer gewaltig los. Der Knirps und Casteras.

DER KNIRPS: Sag mal, du weißt doch alles: Schnarchen Vögel?

CASTERAS: Weiß nicht. Warum?

DER KNIRPS: Nun, wenn ihr Schnarchen wie ihre Stimme wäre, wer würde dann schlafen?

CASTERAS: Du hast Vorstellungen …

Pause. In der Ferne fährt ein Automobil vorbei.

DER KNIRPS: Sag mal, schmecken Wildkaninchen anders als Stallkaninchen?

CASTERAS: Ja.

DER KNIRPS: Warum?

CASTERAS: Weil sie was anderes essen.

DER KNIRPS: Warum sind dann Meeresfische nicht salzig?

CASTERAS: Halt den Schnabel. Ich will schlafen.

DER KNIRPS: Du sagst doch immer, dir kann keiner mehr was beibringen …

CASTERAS: Weißt du, ich, die Menschen … Pst … Schon als ich klein war … Eines Tages beobachtete ich Eidechsen. Wenn ich konnte – du weißt ja, das ist nicht schwierig –, riß ich ihnen den Schwanz aus. Eine Frau kam und hielt mir eine Standpauke, wie grausam ich sei. ›Wenn ich mit dir dasselbe machen würde‹ etc. Sie hat so auf mich eingeredet, daß ich den dringenden Wunsch verspürte, dem Tierchen seinen Schwanz wieder anzukleben. Jawohl. Ich kam nach Hause, da kommt auf einmal mein Vater und verpaßt mir aus heiterem Himmel eine Ohrfeige. Du wirst sagen: Das eine hat mit dem anderen nichts zu tun, doch seitdem habe ich eine schlechte Meinung von den Menschen. Ich meine, die Tiere ... um die kümmert man sich so sehr und um die Menschen so wenig ... Nimm die Hundekliniken. Hast du schon einmal etwas Abstoßenderes gesehen als eine Hundeklinik? Ich habe so etwas einmal im Aktualitätenkino gesehen. Am liebsten hätte ich das ganze Kino kurz und klein geschlagen. Es sah aus wie ein richtiges Krankenhaus. Lauter hübsche Krankenschwestern, Ärzte ...

Gegenüber ein Einhändiger und Mantecón.

DER EINHÄNDIGE: Ich will wenigstes, daß sie mich verhören. Seit zweiundzwanzig Tagen bin ich hier, ohne zu wissen warum.

MANTECÓN: Du kannst dich beglückwünschen.

EINHÄNDIGER: Aber sie sollen mich zumindest verhören!

MANTECÓN: Besser nicht.

Daneben ein Alter und Villanueva.

DER ALTE: *(Zu Villanueva)* Ich sah zu, daß ich von den Aufständischen wegkomme. In Zamora gab es einen, den nannten sie *El Descabellador*, den Genickstoßer, weil er mit einer Schuhmachernadel tötete. Damit brachte er mehr als zweihundert Leute um. Er hob ihnen ein Grab aus, stellte sie davor, und zack! – in die Grube.

Gegenüber Leslau und Radványi.

PROFESSOR LESLAU: *(Zu Radványi)* Sie wartete auf mich an das Mäuerchen gelehnt, kurz vor der Ecke. Eine niedrige Mauer, ungefähr sechzig Zentimeter hoch, von der ein Gitter aufragt; an der Ecke ein Tor und ein Zierdächlein mit zwei Giebeln, gedeckt mit rötlichem Ziegel. Das Fundament war aus ungleichen, porösen Steinen, grob zurecht gehauen und mit Mörtel verbunden, ein bißchen nachlässig; häßlich aber bequem, um sich zum Warten dranzulehnen. Dort wartete sie auf mich, die Tasche auf dem Mauerabsatz, die Beine langgestreckt, die Hände verschränkt, die Haare je nach Tageslaune zu einem Knoten gebunden oder offen, und blickte nach links, von woher ich kommen mußte. Ihr langer, gebogener Körper, an das Gitter gelehnt; ihre lange grau-weiße Gestalt.

Pause. Wieder fährt, weit weg, ein Automobil vorbei.

Wenn man sich an einen Menschen erinnert, den man unterschiedlich gekleidet kennengelernt hat, setzt sich bei einem irgendwann eine bestimmte Kleidung durch, als ob er stets in dieser Garderobe herumgelaufen wäre – oder nackt. (Nacktheiten gibt es so viele wie Kleidungsarten; es gibt Nackte, die niemals nackt sind, die niemals so weit kommen; es gibt natürliche Nackte, künstliche, halb entblößte, vollkommen Nackte, und das, obwohl alle gleich wenig anhaben; es hängt von der Auffassung ab.)

In Grau und Weiß gekleidet, für immer, an das Gitter gelehnt, halb sitzend auf dem Mörtel, der das Mäuerchen abschließt, ihre eng beisammen stehenden Füße, die ihren langen, geschmeidigen Körper tragen, ihre Augen, die mich verschlangen.

»Du wirst mich verlassen«, sagte sie.

Aber das sind Dinge, an die ich mich nicht erinnern will, sondern an sie, wie sie an dem Mäuerchen lehnte, das Inbild der Liebe; das wahre Warten, mein Leben selbst, das sich mit einem Mal zu einem inniglichen Kuß wandelte: bis ich dich erblickte, mein Gott, mit stockendem Atem ... Und jetzt ...

RADVÁNYI: Sie sind sentimental. So kann man heute nicht mehr durch die Welt gehen. Jetzt sind andere Dinge an der Reihe.

LESLAU: Die weniger beständig sind.

RADVÁNYI: *(Ironisch)* Als ob wir das nicht wären, mein junger Schriftsteller ... Man muß an die anderen denken.

Neben ihnen der Weißgardist, der ihnen zuhört.

DER WEISSGARDIST: *(Zu Radványi)* Ich habe mein Leben verpfuscht, weil ich unabhängig sein wollte. Einst war ich ein Herr, doch die meisten meiner Jahre verbrachte ich im Gefängnis. Ich habe nicht geheiratet, um niemanden einweihen zu müssen. Im Krieg war ich bei Koltschaks Leuten. Ich geriet in bolschewistische Gefangenschaft. Eines Nachts, als ich nicht mehr konnte, tötete ich zwei Wachen und haute ab. Inzwischen ist Rußland gewachsen, und ich fühle, wie in mir der Wunsch nach Rückkehr wächst. Noch habe ich mir nicht ernsthaft Gedanken darüber gemacht, aber ich glaube, mir bleibt nichts anderes übrig als mir den Bauch aufzuschlitzen, wie ein Herr. Denn sie wollten mir keinen sowjetischen Paß geben.

RADVÁNYI: Keine Sorge, auch ohne den werden Sie noch genug reisen.

Außen auf den Tribünen. Tag

Unterhalb des Eingangs zwischen den Latrinen die Aufstellung der vierzig Häftlinge, die ins Lager von Vernet verlegt werden, unter ihnen der Weißgardist. Die verschiedensten Gesichter, Bündel aller Art. Auf der Treppe drängen sich die, die zurückbleiben.
Niko löst sich aus der Reihe und tritt zu dem Griechen.

NIKO: Aber meine Papiere sind doch in Ordnung! Meine Ausweisung und die Aufschiebung, sieh doch. Ist die Aufschiebung jetzt nichts mehr wert?
GRIECHE: Jetzt ist nichts mehr etwas wert.

Der Asturi grinst; neben ihm Scarsi.

SCARSI: Was weißt du schon! Die Guten gehen, die echten Kameraden. Schurken wie du bleiben, weil ihr Beziehungen habt. Du kannst das nicht verstehen. Hier sind wir alle eins.
DER ASTURI: Wohl bekomms …

Ein Unteroffizier kommt, gefolgt von vierzig Wachen, die die Angetretenen umstellen. Der Unteroffizier drängt ohne jegliche Rücksicht die Gaffer zurück. Er steigt einige Stufen hoch. Nimmt Haltung an.

UNTEROFFIZIER: Beim kleinsten Fluchtversuch schießen wir. Und zwar in den Bauch, damit keiner sich Hoffnungen macht. Verstanden? Fertig? Abmarsch!

Der Zug setzt sich in Bewegung. Einige der Häftlinge verabschieden sich mit einem Händedruck von ihren Kameraden. Luigi Puccini erleidet einen epileptischen

Anfall und bricht zusammen. Zappelt auf dem Boden. Von allen Seiten wollen die Festgenommenen ihm zu Hilfe eilen.

UNTEROFFIZIER: Zurück oder ich übernehme keine Verantwortung!

FELDWEBEL: *(Zu denen, die der Szene von der Treppe aus beiwohnen)* Alle hinein! Los! Hinein habe ich gesagt!

Er schubst jeden, den er erreichen kann.

GRIECHE: *(Brüllt)* Habt ihr nicht gehört?

WEISSMAN: *(Beflissen)* Kommt, sonst schließen sie nur die Tür ab.

VILLANUEVA: *(Zu Weissman)* Weil wir ja so frei sind ...

Luigi Puccini auf dem Boden. Zwei Soldaten packen ihn und lassen ihn auf dem Rasen liegen. Ein anderer kommt mit einem Eimer Wasser, den er über Luigis Kopf kippt.

EIN HAUPTMANN: *(Zu dem Unteroffizier)* Was machen wir?

UNTEROFFIZIER: Ich muß vierzig mitnehmen. Und ich werde vierzig mitnehmen. Los! Tragen Sie ihn!

Der Eingang des Stadions

Die Festgenommenen beim Einsteigen in zwei Pritschenwagen. Caamaño und der Weißgardist tragen den starren Luigi.

UNTEROFFIZIER: Auf den Lastwagen!

CAAMAÑO: Können Sie ihn nicht zur Krankenstation bringen?

UNTEROFFIZIER: *(Als hörte er ihn nicht)* Abfahrt!

Die Gittertore des Stadions öffnen sich. Wachen. Draußen die Frauen der Festgenommenen in einer Schlange. Weiter weg ein altes Weib und ein Kind. Die beiden Lastwagen entfernen sich.

KIND: Wer sind sie?

ALTES WEIB: Faschisten und Juden, die dort eingesperrt sind.

KIND: Warum töten sie sie nicht?

Aus der entgegengesetzten Richtung fahren drei Pritschenwagen ins Stadion ein. Die Tore schließen sich. Die Schlange der Frauen. Unter ihnen Marie.

EINE FRAU IN TRAUER: Noch mehr.

MARIE: Ist Ihr Vater schon lange hier?

DIE IN TRAUER: Fünf Monate.

EINE MOLLIGE: Also meinen Mann lassen sie nächste Woche frei. Ich habe einen wunderbaren Anwalt, Freund des Innenministers, ebenfalls Sozialist ...

DIE IN TRAUER: Das hier ist schlimmer als in den Zeiten der Bastille. Damals mußte man die Denunziationen wenigstens unterzeichnen, heute nicht einmal mehr das ... Nicht die Ungerechtigkeit empört mich, sondern das »Sie entschuldigen« ...

Büro des Anwalts

Der Umriß von Marie – sitzend –, während die Personen wechseln, die ihr auf der anderen Seite des Tischs gegenübersitzen.

ERSTER ANWALT: Nein Madame, da ist nichts zu machen. Das ist ein Verwaltungsvorgang, wir können keinen Einfluß darauf nehmen.

MARIE: Dann nehmen sie die Leute einfach so mit, eben darum?

Der Anwalt, an den sie sich jetzt wendet, ist ein anderer.

ZWEITER ANWALT: Ich bin ein Freund von Präsident Blum; wenn Sie wollen, kann ich es versuchen, aber als persönlichen Gefallen. Und ohne etwas zu versprechen.

MARIE: Machen Sie, was Sie denken. Hier haben Sie etwas für ihre ersten Auslagen.

EIN DRITTER ANWALT: Was hat man Ihnen auf der Präfektur gesagt?

Ein Büro in der Präfektur, austauschbar

Umriß von Marie – stehend; wie eben wechseln durch Tricktecknik ihre Gesprächspartner.

ERSTER KOMMISSAR: *(Stark behaart)* Das mag alles wahr sein. Aber jetzt haben wir anderes zu tun. Und ob ein Ausländer festgenommen ist oder nicht, Sie werden verstehen, daß …

Der Kommissar macht eine unbestimmte Handbewegung.

ZWEITER KOMMISSAR: *(Aufdringlich lächelnd)* Seien Sie ganz beruhigt, heute abend komme ich bei Ihnen vorbei. Ich kann viel tun für die Freiheit Ihres Mannes …

MARIE: Sparen Sie sich die Mühe.

Büro des Anwalts

ERSTER ANWALT: Abwarten, abwarten. Warten Sie ab.

MARIE: Wie meinen Sie das?

Stadion. Außen auf der Tribüne. Tag

Ankunft von etwa dreißig neuen Festgenommen. Gedränge vor der Tür.

DER GRIECHE: Ordnung! So werden wir uns nie verstehen. Ordnung! Ordnung!

EIN SPANIER: *(Ein Neuer, Gilabert, zu Villanueva)* Wir haben in der Waschküche gearbeitet, wegen des Essens, der da und ich. *(Zeigt auf einen, der krank aussieht)* Er ist krank geworden. Der Arzt hat ihm eine Woche Ruhe verordnet. Und da sind wir nun.

VILLANUEVA: Er hat euch denunziert?

GILABERT: Daran dürfte kein Zweifel bestehen.

JULES: Weshalb?

GILABERT: Weil er nichts gezahlt hat, sieh an. Sei nicht so blöd.

JULES: Und Sie?

GILABERT: Weil ich dagegen protestiert habe.

LESLAU: *(Zu Walter, einem neu angekommenen Deutschen)* Haben Sie keine Zeitung mitgebracht?

WALTER: Die dürfen nicht hinein.

LESLAU: Nur die erzreaktionären.

WALTER: Inzwischen sind alle gleich. Es bewegt sich nichts. Ein Krieg, wie es nie einen gegeben hat: sie führen ihn nicht.

(In einer Ecke der wimmernde Chamberlain)

LESLAU: *(Erklärend)* Er hat Gallensteine.

WALTER: Und sie tun nichts für ihn?

LESLAU: Ein Militärkrankenhaus, das darauf spezialisiert wäre, gibt es nicht, und Geld hat er auch nicht, also lassen sie ihn hier warten.

WALTER: Worauf?

Eine Gruppe Spanier.

MANTECÓN: *(Zu zwei Neuankömmlingen)* Ob es Spitzel gibt? Nein, woher denn! Abgesehen von den geborenen Spitzeln natürlich, von denen, die sich einen Sport daraus machen, und von denen, die die Polizei schickt; und natürlich, nicht zu vergessen, die Arschlöcher.

GILABERT: Wodurch unterscheiden sich die einen von den anderen?

MANTECÓN: Dein Chef, war er ein Spitzel oder ein Arschloch? *(Zu Weissman, der zuhört)* Du, der von beiden etwas hast, siehst das anders, nicht wahr?

Herein kommt der Feldwebel.

DER GRIECHE: Stillgestanden!

Die meisten stellen sich auf; die Sitzenden erheben sich, außer Chamberlain und dem einen oder anderen Schlafenden. Der Feldwebel geht auf Chamberlain zu, versetzt im Vorbeigehen einem Schlafenden einen Fußtritt.

FELDWEBEL: Hörst du nicht? Stillgestanden!

Chamberlain sieht ihn durchdringend an. Der Feldwebel zuckt die Schultern und macht kehrt. Stille. Bevor er hinausgeht, dreht sich der Feldwebel noch einmal um.

FELDWEBEL: Morgen kommt der Oberst. Ziehen Sie sich das beste an, was Sie haben!

Außen vor den Tribünen.
Tagesanbruch

Die Häftlinge aufgereiht. Der polnische Graf im Frack, mit Zylinder, ohne Hemd.

Das Innere der Tribünen.
Abenddämmerung

RADVÁNYI: Man muß sie systematisch suchen.

Eine Gruppe Reiche, an einem Tisch sitzend, speisen fürstlich, werden bedient von dem Griechen. Schlesinger nähert sich ihnen, äußerst unterwürfig.

SCHLESINGER: Geben Sie mir etwas ab?
ORLÉANS: Warte bis wir fertig sind.

Etwas weiter weg Villanueva und Radványi, schreibend.

GILABERT: *(Zu Radványi, über die Freßsäcke)* Und die, was sind das für welche?
RADVÁNYI: Juden, leider.

Jules, in einer Ecke, streichelt »Boby«, den er im Arm hält.

Das Innere der Tribünen. Nacht

Eine Menschentraube um Gualdi – klein, grünlich –, der eine Gitarre spielt, Scarsi eine Harmonika und Walter ein Akkordeon. Leslau singt ein ungarisches Lied. Schließlich stimmen die Spanier, die am zahlreichsten sind, couragiert im Chor Die vier Generäle *an, zur Melodie von* Die vier Eseltreiber. *Am Ende jedes Liedes applaudieren alle stürmisch; ebenso die Gendarmen, die zwischenzeitlich hereingekommen sind. Gualdi singt eine neapolitanische Romanze. Währenddessen bringt der Stadtstreicher, selig, eine Büchse mit Glyzinien und Lilien und stellt sie auf einen improvisierten Tisch. Die Gesichter der Festgenommenen, entsprechend den Liedern und ihrer Nationalität.*

JULES: *(Zu Mantecón)* Alle Volkslieder ähneln einander.
MANTECÓN: Sind ja auch alle aus der *jota* entstanden …

Der Stadtstreicher tritt zu Gualdi.

STADTSTREICHER: *(Deutet auf die Gitarre)* Darf ich sie nehmen?

GUALDI: Kannst du spielen?

STADTSTREICHER: Ich will sie einfach nur in die Hand nehmen …

Der Stadtstreicher streckt die Hand aus und streicht über die Gitarre.

GUALDI: Nimm sie schon.

Gualdi reicht sie ihm. Der Stadtstreicher setzt sich mit der Gitarre auf den Knien hin, streicht über sie, und ganz langsam beginnt er, ein altes armenisches Lied zu spielen, während seine Augen sich mit Tränen füllen. Mehrere Gendarmen, die an der Tür stehen. Einer von ihnen, betrunken, tritt in die Mitte des Raums und fängt an zu tanzen, nimmt die orientalische Melodie zum Anlaß für einen neckischen Bauchtanz, angespornt von seinen Kollegen und einigen der Festgenommenen. Ein anderer Gendarm stürzt herein, schreit entgeistert:

GENDARM: Was macht ihr? Was soll das?

Er kommt näher, sein Gesichtsausdruck wandelt sich, und er beginnt, mit den anderen seinen Kameraden anzufeuern, der schließlich erschöpft aufhört. Ein Ungar, lang und dünn, hat die ganze Zeit schon mit den Händen Zaubertricks vorbereitet; er stellt sich in die Mitte. Grüßt wie ein Conférencier und versucht einige Tricks, die ihm mißlingen.

DER UNGAR: Jetzt … jetzt bestimmt … jetzt klappt es …

jetzt schaffe ich es ... Sekunde ... Seit so langer Zeit ... meine Hände ...

Er scheitert, und ihm ist zum Heulen zumute. Zwei Landsmänner trösten ihn. Der magere Ungar sieht sich seine Hände an. Seine zerschundenen Hände, von denen Blut rinnt.

Wochenschau

Flugzeuge am Himmel. Bombardierung. Maschinengewehrrattern. Sirenen.

Das Innere der Tribünen.
Morgengrauen

Zwei Gendarme treten ein.

ERSTER GENDARM: Zeig die Gitarre her ... und den Schnaps da.
EL ASTURI: Wozu?
ERSTER GENDARM: Halt die Klappe.
WEISSMAN: Die Gitarre gehört Gualdi, der Schnaps Cholok.

Die Gendarmen gehen rücksichtslos zwischen den Festgenommenen hindurch. Sie nehmen die Gitarre und ein paar Flaschen.

GRIECHE: Nehmen Sie die mit?
ERSTER GENDARM: Klar ...

GRIECHE: Warum?

ZWEITER GENDARM: Glaubt ihr, ihr habt das Recht, euch zu amüsieren, während sie draußen unsere Väter und unsere Brüder umbringen? Hopp ... Hopp ...

Sie gehen hinaus, treffen dabei den Feldwebel.

FELDWEBEL: Außerdem: heute kein Ausgang.

GRIECHE: Warum denn, Herr Feldwebel?

FELDWEBEL: Wegen nächtlicher Ruhestörung und Aufruhr.

GRIECHE: Aber es gab doch keinen Aufruhr ...

FELDWEBEL: Außerdem, von heute an kein Licht mehr. *(Zu dem Türwächter)* Und daß mir hier keiner rauskommt, unter keinem Vorwand.

GRIECHE: Auch nicht zum Wasserholen?

FELDWEBEL: Erst wenn ich es sage.

Radványi und mehrere Festgenommene, hinten im Raum:

RADVÁNYI: Irgendwas passiert.

VILLANUEVA: Die Deutschen haben angegriffen.

RADVÁNYI: Woher weißt du das?

VILLANUEVA: Das rieche ich.

GILABERT: Tu nicht so. In der Küche warst du. Hattest Dienst.

MANTECÓN: Hast du eine Zeitung gesehen?

VILLANUEVA: Die sind noch nicht gekommen.

LESLAU: Macht euch keine Hoffnungen, nichts passiert, und es wird auch nichts passieren. Alles wird im Sumpf steckenbleiben. Die Munitionsfabriken ...

Außerhalb der Tribünen

Mehrere Festgenommene drängeln sich in der Tür. Der Stadtstreicher versucht, sich in die Sonne zu stellen; der Wachmann drängt ihn zurück, ohne Rücksicht.

SOLDAT: Zurück! Zurück!

STADTSTREICHER: *(Murrend)* Jetzt kostet wohl schon die Sonne Geld.

Der Hauptmann geht vor der Tür vorbei.

WEISSMAN: Herr Hauptmann …

HAUPTMANN: Was gibt's?

WEISSMAN: Dürfen wir uns hier gegenüber hinsetzen?

HAUPTMANN: Gut.

Der Hauptmann geht weiter. Ein Dutzend Festgenommener stolpert hinaus, setzt sich an den Rasensaum.

PINTO: *(Zu Jules)* Die Logik …

JULES: Ausgerechnet jetzt kommt der Feldwebel …

Der Feldwebel hinter Gilabert postiert. Dieser schaut von unten an ihm hoch, ein Riese.

Gang in der Polizeipräfektur

Marie, mit einem Paket, spricht mit einem Gendarm.

GENDARM: Der Inspektor sagt, daß die Sache nicht mehr in seinem Zuständigkeitsbereich liegt.

MARIE: Aber ...

GENDARM: Und daß Sie sich nicht sorgen sollen. Daß alles geregelt ist.

MARIE: Schon? Wann werden sie ihn auf freien Fuß setzen?

GENDARM: Unverzüglich.

MARIE: Wann?

GENDARM: Sehen Sie, Madame, viele andere sind in derselben Lage wie Sie. Fallen Sie uns nicht auf die Nerven. Krieg ist Krieg. *(Drei Frauen warten darauf, mit dem Gendarm zu sprechen.)* Sorgen Sie sich nicht. Wenn Sie nach Hause kommen, ist er vielleicht schon da.

Hoffnung in Maries Gesicht.

Das Stadion. Außen auf den Tribünen

Der Stadtstreicher versucht, mit zwei Eimern hinauszugehen.

WACHE: Halt!

STADTSTREICHER: Ich gehe Wasser holen.

WACHE: Das geht nicht.

STADTSTREICHER: Aber der Hahn ist doch dort ...

Der Wasserhahn, zehn Meter weit weg.

WACHE: Das geht nicht.

Der Bankier hinter dem Stadtstreicher wirft ein Päckchen Tabak zu der Wache, die es aufhebt.

WACHE: *(Zu dem Stadtstreicher)* Los ... schnell.

Der Stadtstreicher geht Wasser holen. Währenddessen sagt ein Gendarm, der vorübergeht, scherzend zu den in die Tür gedrängten Festgenommenen:

GENDARM: Was, heute kein Päuschen im Gras?

Die Bäume, zwei Vögel.

JULES: Heute ist Frühlingsanfang.

Le Figaro, *mit dem Datum: 21. März 1940. Fotografie einer Gruppe Minister, vor der Tür des Elysée-Palastes.*

NEUTRALE STIMME: Unter Paul Reynaud ist eine neue Regierung gebildet worden.

Le Matin, *mit dem Datum: 28. März. Fotografie von Churchill.*

NEUTRALE STIMME: Frankreich und Großbritannien unterzeichnen eine Erklärung, nach der sie sich verpflichten, Waffenstillstand oder Frieden zu schließen. Am 3. April übernimmt Churchill das Verteidigungsministerium.

Deutsche Wochenschau: *Vom Himmel fallende Fallschirmspringer.*

NEUTRALE STIMME: Am 9. marschieren die Nazis in Dänemark ein. Besetzung von Kopenhagen ohne Widerstand. Sie marschieren in Norwegen ein, landen in Narvik, Trondheim, Bergen und Moss. Die norwegische Regierung ordnet die Generalmobilmachung an.

Le Journal: 19. *April. Französische Streitkräfte landen in Namsos, Norwegen.*

Das Innere der Tribünen. Tag

HAUPTMANN: *(Im Hineingehen)* Also, in die Krankenstation. Jeweils zwei und zwei.

Der Hauptmann tritt zu einer Gruppe, die sich bereits aufgestellt hat, zählt die ersten zehn ab und wendet sich an die übrigen.

HAUPTMANN: Nicht mehr: Los! Los! Morgen ist auch noch ein Tag. Ihr seid zu viele. *(Zu dem zurückgebliebenen österreichischen Grafen, zusammen mit dem einäugigen Neves, der erste unter den Zurückgewiesenen)* Und Sie, was haben Sie?

GRAF: Die Ruhr.

HAUPTMANN: *(Zu Neves, dem Einäugigen)* Und du?

NEVES: Mir tut das Auge weh.

HAUPTMANN: *(Grob)* Welches? Und Ihnen?

LESLAU: Weiß ich nicht. Der Bauch.

HAUPTMANN: Stehen Sie es durch. Morgen stellen Sie sich als Erste in die Reihe. Abmarsch.

MONTEFIORE: *(Alt, hinfällig, zu Scarsi)* Ich war der Star an den Ringen, ich war ein As am Barren! Welch eine Jugend hatte ich! Wie sagte der, wie hieß er noch? … Gut, wer auch immer: Die Jugend bereitet das Alter vor, und das Alter den Tod.

Außen, an den Tribünen

Die Kranken treten zur Linken hin ab, vorbei an den Büschen. Der Stadtstreicher lehnt sich aus der Tür. Blickt in den Himmel. Die Wolken.

STADTSTREICHER: Sieh, wie nett: Es wird regnen.
MANTECÓN: Rauchst du?
STADTSTREICHER: Nein. Wenn man nicht ißt, kann man nicht rauchen. Davon kriegt man einen trockenen Mund. Zum Rauchen muß man Fleisch essen und Wein trinken.
MANTECÓN: Arbeitest du?
STADTSTREICHER: Wegen mir gäbe es keine Arbeit.

Weitere Festgenommenen kommen und bringen Töpfe mit Suppe.

STADTSTREICHER: Sag mal, und wer zahlt das hier?
MANTECÓN: Die Regierung.
STADTSTREICHER: Was für eine Verschwendung!

Jules, der ihnen zugehört hat, geht hinein.

Das Innere der Tribünen

Jules geht zu seinem Platz. Für einen Moment bleibt er vor einer Gruppe stehen, die aufmerksam Radványi zuhört.

RADVÁNYI: *(Einer Gruppe Häftlinge Unterricht gebend)* Vom Animismus zum Polytheismus, vom Polytheismus zum Monotheismus, vom Monotheismus zum Pantheismus, vom Pantheismus zum Marxismus. Der entscheidende Punkt: Giordano Bruno, Giordano Bruno, die Integration Gottes in die Natur. In der Metaphysik kommt doch selbst Spinoza nicht weiter.

Jules geht weiter, blickt Savel über die Schulter, um zu sehen, was er liest: die Bibel.
An Caamaños Platz ist jetzt Pifarré, der fette Spanier.

PIFARRÉ: *(Zu Jules, der näherkommt)* Das ist eine Zeit, in der man mit wenig Geld wunderbar leben kann, ohne arbeiten zu müssen: einfach nur kaufen und verkaufen. Bei dem, was ich hier dabei habe, schätze ich, daß ich achtzig bis hunderttausend Francs verloren habe.

JULES: Was waren Sie?

PIFARRÉ: Portier einer Bank.

JULES: Und warum sind Sie hier?

PIFARRÉ: Wegen nichts. Ich war verurteilt, vor mehr als zwanzig Jahren, eine Lappalie. Aber seitdem habe ich begriffen, wie das Geschäft läuft.

Fünf Meter weiter laust sich Villanueva.

VILLANUEVA: *(Zu Jules, mit lauter Stimme)* Red nicht mit dem. Der ist Franquist und ein Idiot.

PIFARRÉ: *(Zu Villanueva)* Geben Sie mir bitte Feuer?

Villanueva ist unschlüssig, schließlich gibt er ihm Feuer.

PIFARRÉ: Vielen Dank.

Eine Glocke läutet. Alles stürzt los, um sich zum Essen anzustellen. Jules wartet zwischen Platonof und Walter. Hinter ihnen Mantecón und der polnische Graf.

JULES: Meine Frau schreibt mir, daß sie ihr in der Präfektur gesagt haben …

PLATONOF: Nur die Ruhe; ich war acht Jahre in Mussolinis Gefängnissen, und meine Frau …

WALTER: Und ich vierundvierzig Monate in Dachau.

JULES: Dachau?

WALTER: Ja, eins von Hitlers Konzentrationslagern.

JULES: Und das war schlimmer als das hier?

WALTER: Kein Vergleich. Aber das hier ist sehr viel idiotischer.

POLNISCHER GRAF: Der Krieg bringt Klarheit; die Guten sind auf der einen Seite, die Bösen auf der anderen. Dazwischen gibt es nichts.

MANTECÓN: Nur im Krieg?

GRIECHE: *(Ruft von der Tür aus)* Savel!

SAVEL: Hier.

GRIECHE: Pack deinen Kram, du gehst. *(Zu Platonof)* Er hat sich freiwillig gemeldet.

Ein Gruppe schart sich um Savel, der zu packen beginnt.

STADTSTREICHER: Du gehst in den Krieg?

SAVEL: Ja. Gezwungenermaßen.

JULES: Warum gezwungenermaßen?

PLATONOF: Er ist Vegetarier.

SAVEL: *(Verteilt das wenige, was er hat)* Das ist für dich, das für dich. *(Vor der Schlange)* Gut, Kameraden, ich bitte jeden um Verzeihung, den ich beleidigt habe. Viel Glück euch allen.

Weissman kommt herein, mit der Post. Ihn umringen fast alle, die noch nicht in der Essensschlange stehen.

WEISSMAN: *(Verteilt Briefe)* Abaulez. Marichal. Guzmán. Hauptmann. Villanueva, eine Überweisung.

VILLANUEVA: Eine Überweisung?

WEISSMAN: Ja.

Er reicht sie ihm. Villanueva geht nach hinten; der Stadtstreicher tritt zu ihm.

VILLANUEVA: *(Zu dem Stadtstreicher)* Hundert Francs. Ich weiß nicht, von wem.

STADTSTREICHER: Wie ist es möglich, daß Ihnen jemand Geld schickt, ohne Sie zu kennen?

VILLANUEVA: Aus Solidarität, weißt du, was Solidarität ist?

STADTSTREICHER: Nein.

VILLANUEVA: Hast du Brüder?

STADTSTREICHER: Einen hatte ich, den hätte ich besser nicht gehabt.

VILLANUEVA: Nun, es ist, als hätte ich viele und würde sie nicht kennen.

STADTSTREICHER: Der Gipfel der Glückseligkeit.

VILLANUEVA: Nun ... mag sein.

Außen, vor den Tribünen

Der Kommandant geht vorüber, gefolgt von seinem Stab. Vor der Tür Mantecón, mit mehreren Papieren in der Hand, kommt die Stufen herunter und stellt sich dem Kommandanten in den Weg.

MANTECÓN: Herr Kommandant: Meine Frau schreibt mir, daß alles Notwendige bereitliegt, damit ich mich nach

Mexiko einschiffen kann: Visum, Fahrkarte. Ich bitte Sie, bringen Sie mich zum Konsulat.

KOMMANDANT: Was soll das, einfach nach Mexiko zu verschwinden? Wenn, dann entscheidet das die Polizei, und die hat jetzt erstmal andere Dinge zu tun.

Der Kommandant und seine Leute gehen weiter. Casteras tritt zu Mantecón.

CASTERAS: Du Schlaumeier, da hast du aber eins auf die Nase bekommen.

MANTECÓN: Ein Mensch, der sich geschlagen gibt, ist kein Mensch mehr. Man muß immer weiterkämpfen. Dann verliert man nie.

CASTERAS: Ah ja? Soviel Philosophie, wozu? Mir kann keiner was weismachen.

Das Innere der Tribünen

JULES: *(Mit einem Brief in der Hand, zum Feldwebel)* Mein Bruder hat sich schon vor acht Tagen der Polizei gestellt! Sie müssen den Brief zurückgehalten haben.

FELDWEBEL: Und was geht mich das an?

JULES: Nun ja, sie verwechseln mich mit ihm.

FELDWEBEL: Mit wem?

JULES: Mit meinem Bruder, das habe ich Ihnen bereits gesagt, Sie wissen es.

FELDWEBEL: Glaubst du, ich habe ein Elefantengedächtnis? Also nein.

Der Feldwebel geht hinaus. Jules, verzweifelt, zu Villanueva.

JULES: Mein Bruder hat sich der Polizei gestellt, damit sie mich freilassen.

VILLANUEVA: Ist dein Bruder bei der Partei?

JULES: Bei welcher Partei?

VILLANUEVA: Wenn man »die Partei« sagt, kann nur eine gemeint sein. Alle anderen sind Amateurvereine.

DER GRIECHE: *(Der mitgehört hat)* Du sagst also, ihr seid Professionelle?

VILLANUEVA: Aber nicht im Denunzieren, so wie du.

Villanueva dreht ab, der Grieche spricht mit Jules.

DER GRIECHE: Was ist dein Eindruck?

JULES: Weiß nicht. Glauben Sie, daß ich freikomme?

DER GRIECHE: Wenn du mit Typen wie dem befreundet bist, sehe ich schwarz.

JULES: Meinen Bruder, werden sie ihn hierher bringen?

DER GRIECHE: Glaube ich nicht. Sie werden ihn direkt in irgendein Lager im Süden geschickt haben.

Selber Ort. Nachts

Auf dem Boden im Stroh liegen Radványi, Jules und Villanueva.

JULES: Ich habe mich nie in die Politik eingemischt.

RADVÁNYI: Geboren werden ist schon Politik

JULES: Ich will einfach nur meine Frau sehen.

RADVÁNYI: Sehen? Mit ein bißchen Glück von der obersten Treppenstufe, wenn sie kommt, um Ihnen ein Päckchen zu bringen ...

JULES: Ziehen Sie mich nicht auf. Ich bin ein einfacher

Mensch, nichts besonderes, aber so dumm auch wieder nicht ... Was mich rasend macht, ist diese Hirnrissigkeit. Ich bin doch nicht mein Bruder! Und wenn mein Bruder sich gestellt hat: Was soll ich dann hier?

VILLANUEVA: Genau das fragen sich viele von uns.

JULES: Aber es ist nicht das gleiche. Du selbst gibst zu, daß du ein Roter bist.

VILLANUEVA: Und das, findest du, ist ein Grund?

JULES: Ja. Zumindest ist es keine Verwechslung.

VILLANUEVA: Nun, wenn du dir keinen Grund schaffst, wirst du noch verrückt.

JULES: Das glaubst du. Ich kenne meine Geschichte. Und wenn die auf stur stellen, werden sie schon sehen, ich ...

Büro des Lagerkommandanten

Durch das Fenster sieht man den Centre Court des Stadions.

JULES: *(Hält dem Kommandanten den Brief hin)* Hier haben Sie es, weiß auf schwarz.

KOMMANDANT: Wohl eher schwarz auf weiß.

JULES: Wie Sie wollen, jedenfalls hat sich mein Bruder ...

KOMMANDANT: Deshalb wollten Sie zu mir? Sagte mir Ihr Chef Ihrer Sektion nicht, Sie hätten mir etwas Wichtiges und Vertrauliches zu sagen?

JULES: Aber sehen Sie ...

KOMMANDANT: Und danken Sie Gott, daß ich Sie nicht in den Bunker schicke.

Das Innere der Tribünen. Nacht

VILLANUEVA: *(Nachdem er sich vorsichtig zu Mantecón geschlichen hat)* Wie ist es möglich, daß sich dieser Spitzel von Pifarré ein Visum nach Mexiko verschafft hat?

MANTECÓN: Bist du sicher?

VILLANUEVA: Ich habe die Liste angesehen. Dafür haben sie dich gestrichen.

MANTECÓN: Wer?

VILLANUEVA: Weiß nicht.

MANTECÓN: Die Franzosen?

VILLANUEVA: Glaube ich nicht.

MANTECÓN: Wer?

VILLANUEVA: Irgendein Arschloch.

MANTECÓN: Sie haben mich durch Pifarré ersetzt?

VILLANUEVA: Nein. Sie haben dich einfach so gestrichen.

JULES: Wenigstens ist es keine Verwechslung.

MANTECÓN: *(Zu Jules)* Und du, was hast du hier verloren?

Der große Tenniscourt des Stadions

Fünfhundert »Verwaltungshäftlinge« sonnen sich. In einer Ecke Trubel und Jubelausbrüche. Jules geht zu dieser Gruppe.

Casteras holt ihn ein. Sie treffen Villanueva.

VILLANUEVA: *(Lachend, zu Casteras)* Du bist noch hier?

CASTERAS: Das siehst du doch.

VILLANUEVA: Was soll das?

CASTERAS: *(Zeigt ihm eine Marke)* Auf dem Weg nach Mexiko.

VILLANUEVA: Wie hast du das geschafft?

CASTERAS: *(Nimmt ihn beiseite)* Weil du ein feiner Kerl bist, will ich es dir zeigen. Komm mit, ohne daß jemand etwas merkt.

Casteras geht zur einen Seite des Court hin, wo ein Schuppen für Spaten, Rechen und andere Werkzeuge steht.

Das Innere des Schuppens, durch ein schmutziges Fenster hindurch gesehen

Pifarré gefesselt, geknebelt.

VILLANUEVA: Sei vorsichtig. Sie kennen dich.
CASTERAS: Probieren kostet nichts.

Sie kehren zurück. Mantecón tritt zu ihnen.

MANTECÓN: *(Zu Casteras)* Du gehst?
CASTERAS: Schauen wir mal ...
MANTECÓN: Wo geht ihr an Bord?
CASTERAS: Was man hört, in Cherbourg, dort sollen wir zu den Gamboas stoßen.

Ein durchdringendes Pfeifen, ein Unteroffizier der Gendarmerie auf den Tribünen des Court.

UNTEROFFIZIER: Aufstellen!

Lässig, ohne die geringste Disziplin, bilden sich diverse Gruppen.

UNTEROFFIZIER: Mexiko-Spanier, rechts.

Jules, zufällig zwischen beiden Ansammlungen, zögert einen Moment. Ein fetter Wachmann fährt dazwischen, rücksichtslos.

FETTER WACHMANN: Los! Los! Schneller! Wer hat mir denn Knallköpfe dieses Kalibers geliefert?

Der fette Wachmann schubst Jules zu den »Mexiko-Spaniern«. Jules befindet sich neben Casteras, der ihm zulächelt. Pfiffe, Befehle des Unteroffiziers.

UNTEROFFIZIER: Stillgestanden!

Sieht Casteras an, geht auf ihn zu. Casteras gibt Jules die Marke.

CASTERAS: *(Leise)* Nimm, versteck sie.
UNTEROFFIZIER: *(Vor Casteras stehend)* Was machst du da?
CASTERAS: Mich aufstellen ...
UNTEROFFIZIER: Du wirst mir doch nicht sagen, daß du so dumm bist und nicht gehört haben willst, daß die hier weggehen?
CASTERAS: Das habe ich nicht mitbekommen.
UNTEROFFIZIER: Ich sehr wohl. Los! Los!

Casteras geht weg zu der anderen Gruppe.

UNTEROFFIZIER: Alle die Marken zeigen! Gepäck beim Pförtner holen! Abmarsch! Schnell! Schnell! Los! Laufen Sie!

Die verschiedenen Gruppen verlassen den Centre Court.

Eingang des Stadions, mit dem angrenzenden Park

Die Gruppe der »Mexiko-Spanier« kommt an, unter ihnen Jules. Zwei Polizeibusse warten auf sie. Es kommen der Unteroffizier und der Feldwebel.

UNTEROFFIZIER: Einsteigen. Und daß Sie sich weder hier noch sonstwo noch einmal blicken lassen.

FELDWEBEL: *(Zum Unteroffizier)* Gute Reise. *(Zu den Wachen, insgesamt vier)* Ihr könnt vorne einsteigen.

Der Feldwebel blickt Jules an. Er kneift die Augen zusammen, in der Bemühung, sich zu erinnern. Er hebt eine Hand, als wollte er einen Befehl geben, als die Fahrzeuge anfahren. Der Feldwebel geht weg in Richtung Tribünen, über die Beete trampelnd. »Boby« kläfft ihn an und nimmt wildgeworden seine Verfolgung auf.

Straßen von Paris

Die beiden Busse. Wegen eines Staus halten sie an. Die hintere Tür des zweiten Wagens springt auf. Jules schlüpft hinaus.

Ein Platz mit Bäumen

Jules, auf einer Bank sitzend. Weiß nicht, was tun.

Das Innere der Tribünen

Der Feldwebel taucht in der Tür auf, mit Pifarré.

FELDWEBEL: *(Zu dem Griechen)* Irgendeine Neuigkeit?
GRIECHE: *(Haltung annehmend)* Nein, Feldwebel.
FELDWEBEL: Fehlt niemand?
GRIECHE: Nicht daß ich wüßte.
FELDWEBEL: Aber ich muß es wissen.
GRIECHE: Ich gehe gleich die Liste durch.
FELDWEBEL: *(Brüllend)* Jetzt, sofort! Wird's bald?

Außen, auf den Tribünen

Der Feldwebel geht zu anderen Gefangenenzellen. »Boby« hetzt kläffend hinter ihm her.

Ein schäbiges Hotelzimmer. Tag

Jules und Marie, im Bett liegend, küssen sich, nackt.

JULES: Ich träume.
MARIE: Als sie mich aus dem Milchgeschäft anriefen, lief mir ich weiß nicht was über den ganzen ...

Küssen sich.

MARIE: Schon seit langem wollte ich so ein Hotel kennenlernen. Das gibt mir das Gefühl, ich wäre ein schlimmes Mädchen ... *(Pause)* Vielleicht hättest du nach Mexiko gehen können.

JULES: Das ist das einzige Mal, daß ich Jean beneidet habe. Weil er es gekonnt hätte. Anschließend hättest du dich eingeschifft.

Sie schweigen, sehen an die Decke.

JULES: Wie absurd, wir in Mexiko!

Das Innere der Tribünen. Nacht

Casteras, liegend, mit offenen Augen. Pifarré schleicht sich neben ihn. Casteras blickt ihn an, schweigend.

PIFARRÉ: Ich habe dich nicht denunziert.

CASTERAS: Mich?

PIFARRÉ: Spiel nicht den Unschuldigen. Du hast mir die Marke weggenommen.

CASTERAS: Ich?

PIFARRÉ: Es hätte mir nichts gebracht, dich zu denunzieren. Wenn ich nicht morgen nach Mexiko abreise, wirst du von nun an tun, was ich sage.

CASTERAS: Ach so?

PIFARRÉ: Du hast die Wahl.

CASTERAS: Wenn ich dir die Marke gestohlen hätte, wäre ich jetzt schon auf dem Schiff.

PIFARRÉ: Tu nicht schlauer als du bist. Ein anderer ist abgehauen, und der wird nicht weit kommen.

Das Hotelzimmer. Nacht

Jules und Marie an der Bettkante sitzend, halb bekleidet, schweigend. Es klopft an der Tür. Zusammenzucken.

MARIE: Wer da?
FRAUENSTIMME: Soll es für die ganze Nacht sein?

Sie blicken sich an.

MARIE: Nein.

Sich entfernende Schritte.

JULES: Wir müssen etwas essen.
MARIE: Ich kann irgend etwas kaufen.
JULES: Würden sie nicht Verdacht schöpfen?
MARIE: Welchen?
JULES: Weiß nicht.
MARIE: *(Grinsend)* Daß ich dich hier ermordet zurücklasse?

Später. Sie haben belegte Brötchen gegessen, eine Flasche Wein getrunken. Sie schweigen.

JULES: Und der Krieg, wie steht es?
MARIE: Nichts. Es ist, als wäre er nicht da.
JULES: Eines Tages wird er aus sein, wie er angefangen hat; ohne zu wissen wann.
MARIE: Ich traue dem nicht.

Die Ufer der Seine. Nacht

Jules und Marie beim Spaziergang, sich um die Hüften fassend.

Straße von Jules' Haus. Nacht

Jules und Marie kommen vor ihrem Haus an.

JULES: Der Mörder kehrt immer an den Ort des Verbrechens zurück. Morgen früh werden sie kommen und mich festnehmen.

MARIE: Du hast darauf bestanden herzukommen.

JULES: Ich wollte das Geschäft sehen, die Tür von unserem Haus.

MARIE: Ich bin sicher, daß dich in Clamart niemand belästigen wird.

JULES: Mit meinem Akzent? Ohne Papiere?

Sie gehen vor der Tür vorbei. Diese öffnet sich. Ein Arbeiter tritt heraus. Jules dreht sich um und huscht in einen dunklen Winkel. Der Mann sieht Marie an und geht weg.

MARIE: *(Scherzend)* Einen schönen Ruf werde ich von nun an hier haben!

JULES: Was hätte ich tun sollen? Ihn grüßen?

Ein öffentlicher Park. Tagesanbruch

Jules und Marie, auf einer Bank sitzend.

JULES: Ich muß es erklären. Sie werden schon verstehen.

MARIE: Niemand versteht etwas, nichts.

JULES: Welchen anderen Ausweg gibt es? Im Stadion wollten sie mir nicht glauben, weil sie keine Akten haben, aber der Kommissar weiß sehr wohl, daß es sich um einen Irrtum handelt, daß Jean sich gestellt hat, daß er festgenommen ist, daß ich unschuldig bin.

MARIE: Trotzdem, bevor die Dinge nicht geklärt sind …

JULES: Noch mehr Klarheit? …

MARIE: Du bist abgehauen …

JULES: Nicht ganz …

MARIE: Du, immer so harmlos. Du wirst mir doch nicht weismachen wollen, daß …

JULES: Ich schwöre dir, daß ich noch nicht einmal daran gedacht habe.

MARIE: Wie damals, als du mich zum ersten Mal geküßt hast.

JULES: Mehr oder weniger. *(Pause)* Mit einem Unterschied: Was wollen sie mehr? Sie haben den, den sie suchen.

MARIE: *(Verzweifelt)* Sie werden dich wieder einsperren.

JULES: Was würdest du tun?

MARIE: Dich verstecken.

JULES: Wo?

MARIE: Im Laden, in Clamart.

JULES: Sie würden sofort darauf kommen.

MARIE: Warum?

JULES: Die Leute schauen anders als früher. Und wie lange noch?

MARIE: Der Krieg kann nicht lange dauern, sagen sie.

JULES: Vorhin hast du etwas anderes gesagt.

Gang in der Präfektur

Marie und Jules bleiben vor der Tür des Büros des Kommissars stehen.

JULES: Gehen wir rein.
MARIE: Gehen wir.

Sie treten ein. Unmittelbar darauf geht die Tür wieder auf und Marie kommt heraus, bleibt bangend stehen, horcht.

Büro des Kommissars

Der Kommissar erhebt sich und tritt zu Jules.

KOMMISSAR: Sie sind gekommen, um mich auf den Arm zu nehmen?
JULES: Mein Bruder ...
KOMMISSAR: Bruder, daß ich nicht ...

Der Kommissar geht mit Ohrfeigen und Fausthieben auf Jules los, der nicht weiß, wie ihm geschieht. Er stürzt. Der Kommissar tritt ihn.

Gang in der Präfektur

Marie versucht verzweifelt, die Tür des Büros zu öffnen. Schlägt auf sie ein.

Stadion. Außerhalb der Tribünen

Auf den Treppen Jules, sitzend, mit »Boby« im Arm. Der Feldwebel kommt vorbei, »Boby« kläfft ihn an. Schlesinger tritt zu Jules.

SCHLESINGER: Hast du einen Franc?

JULES: Wofür?

SCHLESINGER: Also, Kamerad ...

JULES: Ich bin kein Kamerad von niemandem.

SCHLESINGER: Also gut, wie du willst; der alte Rodolfo ist wieder ins Krankenhaus gekommen; er hat keine fünf Centimes, um sich irgendwas zu kaufen; wir haben beschlossen, für ihn zu sammeln: Selbst wer nichts hat, gibt etwas. Schau mal, der Bankier hat einen Franc gespendet. So ein Schwein muß man erst einmal sein. Und dabei schwimmt er in Geld! Also, was gibst du?

JULES: Nimm einen Franc.

Casteras tritt zu Jules.

CASTERAS: Sie haben dich wieder geschnappt.

JULES: Ich habe mich gestellt.

Casteras Verwunderung ist maßlos.

CASTERAS: So blöd wie du muß man erst einmal sein. Immerhin hat Pifarré es geschafft rauszukommen ...

EIN CHINESE: *(Zu Gualdi und Schlesinger, die zu ihnen getreten sind)* Ich habe auf meinen Chef geschossen. Ich bin Koch; ein Jahl hat el mich nicht bezahlt. Ich beleue, daß ich ihn nicht getötet habe, so hätten sie mich einen Kopf külzel gemacht und alles wäle volbei. Jedel hat sein kleines Unglück zu tlagen.

SCHLESINGER: Gebt ihr etwas für den alten Rodolfo, der wieder ins Krankenhaus gekommen ist und keinen Centime hat?

CASTERAS: *(Zu Villanueva)* Kannst du dir jemanden Dümmeren vorstellen als diesen schwachsinnigen Hoffman?

VILLANUEVA: Er ist ein anständiger Mensch.

CASTERAS: Anständig? Schöne Welt!

JULES: *(Untröstlich, zu einem Neuen)* Und was sind Sie?

DER ÄGYPTER: Antiquar. Die Kunst, mein Freund, die Kunst ... Nichts kommt an die Kunst heran. Ich habe ganz Europa bereist: Griechenland, England, Tschechoslowakei, Deutschland. Die Briefmarken ...

Das Innere der Tribünen. Nacht

Einer liest, einer kocht, einer kratzt sich, einer macht Gymnastik, einer betet; die meisten in Gruppen; Radványi, in seinem Element, gibt Unterricht. Auch eine Gruppe Spanier ist da.

VILLANUEVA: Es war Zufall, daß wir Granada nicht eingenommen haben. Wir waren durch Lora durch und standen elf Kilometer vor der Stadt. An einer Kreuzung stießen wir auf die Faschisten: Sie begannen, auf uns zu schießen, wir waren mindestens tausend, mit fünfzig Gewehren, und auf einmal tauchen Flugzeuge auf, sie rennen los und wir auch. Später erfahren wir, von einigen Flüchtlingen, daß die Faschisten bei ihrer Ankunft in Granada schrien: »Die Roten, die Roten!« Auf der gesamten Front hatten wir drei Maschinengewehre, auf dreihundert Kilometern! Am 19. Juli rückten um sechs Uhr morgens Truppen aus dem Feldlager ...

EIN LESENDER: *(Dreht sich um)* Wo war das?

EIN ANDALUSIER: In Málaga. Wir von der Kommunistischen Jugend waren auf der Straße und ein Straßenbahner schrie: Hoch lebe die Republik! Ein Oberleutnant feuerte einen Schuß auf ihn ab, traf ihn am Arm, und sofort ging alles drunter und drüber. Sie besetzten die Telefonzentrale und das Stadtzentrum; wir hatten keine andere Wahl als gegen sie zu kämpfen; mit Brandflaschen; so begann alles zu brennen. Wir hatten keine andere Wahl als Feuer zu legen, wenn wir etwas erreichen wollten. Sie hatten alle zusammengezogen, und die Falangisten hatten Militäruniformen angelegt. Sie waren nicht genug und mußten auf die Armee zurückgreifen, aber die lief sofort zu uns über. Die von den Guardias de Asalto waren auf unserer Seite, bis zum letzten Mann. Die Guardia Civil, als sie die Kaserne von den drei aufgepflanzten Maschinengewehren umstellt sah, lief zu uns über. Wir teilten sie für die Einsätze auf: zwei Arbeiter, zwei von den Guardias de Asalto und einen von der Guardia Civil. Das Ganze dauerte zehn Tage. Nie habe ich das Volk so überzeugt republikanisch gesehen. Zweihunderttausend Mann stark zogen wir ab, als die Italiener kamen. Um Málaga einzunehmen, mußten sie bluten. Nie hatten wir Waffen, und Überzeugungen verteidigen sich nicht mit guten Vorsätzen. Und Gott hilft den Bösen, wenn sie mehr sind als die Guten. Und auf dem Rückzug nach Almería ... Aber, wozu erzähle ich das alles?

Jules sitzt da, guckt und hört zu, »Boby« im Arm. Der Feldwebel kommt herein, der Hund macht sich los, um ihn anzukläffen wie immer; der Feldwebel versucht, ihn mit einem Fußtritt zu verscheuchen, vergeblich. Die Häftlinge lachen. Der Feldwebel sieht sie an. Alle schweigen.

Außen, vor den Tribünen

Es wird Tag. »Boby«, an einer Mauer schnüffelnd. Der Feldwebel kehrt von einer Runde zurück, sieht den Hund, geht zu dem Verschlag hinter den Tribünen, in dem die Küche ist, und kehrt mit einem Knochen in der Hand zurück. Der Hund knurrt ihn an. Der Feldwebel bückt sich, zeigt ihm den Knochen. Der Hund läuft herbei; der Feldwebel packt ihn am Genick, klemmt ihn sich unter den Arm. Geht mit ihm zu einer Baumgruppe, spannt eine Schnur zwischen zwei Stämmen und führt sie dabei um den Hals des Tiers. Der Hund zappelt verzweifelt. An der Tür der Tribünen ein Festgenommener, der zu den Latrinen austritt, er rennt weg. Der Feldwebel, die Hände in die Hüften gestemmt, sieht lachend zu, wie das Tier verendet. Die Festgenommenen laufen in der Tür zusammen und machen einen Riesenaufstand. Schreiend drängen sie sich zusammen; der Wachsoldat weiß nicht, was tun; schließlich greift er zu seiner Trillerpfeife. Der Feldwebel dreht sich wutentbrannt zu der Wache um; Gendarmen und Offiziere strömen herbei. Ein Gendarm schneidet die Schnur durch, die den Hund stranguliert. Dieser fällt zu Boden. Der Feldwebel geht wild gestikulierend auf den Gendarm zu. Mehrere Gendarmen fahren dazwischen; einer von ihnen hebt den Hund auf; die Festgenommenen schreien.

FESTGENOMMENE: Bringen Sie ihn her! Geben Sie ihn uns!

Die Gendarmen überreden den Feldwebel, mit ihnen zu gehen, und der, der den Hund aufgehoben hat, übergibt ihn den Häftlingen.

Vor dem Café »Le Palais«

(In Wirklichkeit heißt es »Le Palais de Justice«, aber der Autor ist – und war immer – gegen jede Art von Symbolismus.) Marie öffnet die Tür.

Innenraum des Cafés »Le Palais«

Angestellte, Militärs, Wachleute bei einem Kaffee oder einem Glas Wein. Hinten, halb verdeckt von einem Wandschirm, der Kommissar und drei Kollegen beim Kartenspiel. Marie durchquert das Café und tritt zu ihnen. Der Kommissar sieht sie kommen. Marie, vor ihm stehend.

MARIE: Ich will mit Ihnen sprechen.
KOMMISSAR: Kommen Sie in die Präfektur.
MARIE: Das ist sinnlos.
1. KOLLEGE: Du bist dran. Wirf sie raus.
MARIE: Das wird nicht so einfach sein.
KOMMISSAR: Wie heißt dein Mann?
MARIE: Hoffman, Jules.
KOMMISSAR: Deutscher?
MARIE: Nein. Sie wissen doch …
KOMMISSAR: Ich soll mich erinnern, wie stellst du dir das vor?
MARIE: Sie haben ihn halb tot geprügelt.
1. KOLLEGE: Wenn Sie kein anderes Erkennungszeichen haben …
MARIE: Sein Bruder, mit dem er verwechselt wurde, hat sich gestellt.
KOMMISSAR: Und er kommt nicht frei? So wie die Dinge stehen, sollte er uns dankbar sein.

MARIE: Verzeihung, aber ich verstehe nicht ...

KOMMISSAR: Wie würde es ihm ergehen auf der Straße? Wenn die Leute wüßten, woher er kommt, würden sie ihn noch nicht einmal mehr grüßen. Mit seinem Akzent ...

MARIE: Wie ich sehe erinnern, Sie sich sehr gut an ihn.

KOMMISSAR: Du irrst dich, Kleine, alle meine Kunden haben Akzent. Glaub mir, laß ihn dort, wo er ist. Dort ist er bestens aufgehoben. *(Zu seinem Kollegen)* Du bist dran.

Marie geht weg.

Außen, vor den Tribünen

Abenddämmerung. Der Hund schleicht eine Mauer entlang; hebt eine Pfote. Der Feldwebel kommt von hinten, zückt seine Pistole und schießt. Der Hund fällt um, zuckt, stirbt.

Französische Wochenschau

Vorrückende Panzer, angreifende Flugzeuge. Vorrükkende Panzer, immer größer. Eine Gruppe Fallschirmspringer am Himmel; Fallschirmspringer, die Maschinengewehre einsetzen. Ein Ort brennt nieder; Panzer auf Feldern.

NEUTRALE STIMME: Am 1. Mai um 4 Uhr 30 überfallen die Deutschen Holland und Belgien; Bombardierung von Brüssel, Ambères, Calais, Dünkirchen, Boulogne, Lille, Nancy, Lyon, Colmar, Clermont-Ferrand.

Um 8 Uhr 15 übergibt Deutschland den Regierungen von Belgien und Holland ein Ultimatum, datiert vom Vortag um 14 Uhr 40, und teilt mit, daß die Reichsregierung den deutschen Truppen den Befehl erteilt hat, »die Neutralität Belgiens und Hollands mit allen militärischen Mitteln zu überwachen und jeglichen Widerstand gegen die deutschen Streitkräfte mit allen Mitteln niederzuschlagen.«

König Leopold III. erklärt, daß »das ehrliche und neutrale Belgien zum zweiten Mal in einem Vierteljahrhundert vom deutschen Reich angegriffen wird, das damit die feierlichsten Abmachungen verletzt«. Die belgische Regierung ruft Frankreich und Großbritannien zu Hilfe.

Am 11. besetzen die Deutschen Arnheim und Maastricht.

Am 14. schlagen ihre motorisierten Einheiten eine Bresche zwischen Namur und Sédan in Richtung L'Oise und Somme. Die holländische Regierung wird nach London verlegt, während die Luftwaffe der Nazis Rotterdam bombardiert.

Am 16. wird die belgische Regierung nach Ostende verlegt.

Das Innere der Tribünen. Nacht

Sirenen. Alle wachen auf. Die Wachen schließen die Tür. Die Männer, halb nackt, in Unterhosen, Leibhemden, Pyjamas, an die Tür gedrängt, horchen auf das Bombardement und die Flugabwehrkanonen. Andere rühren sich nicht. Etliche stecken die Köpfe unter ihre Decken.

JULES: Wir hier, wie die Ratten.

ORLÉANS: Pst!

STIMMEN: Ruhe!

STADTSTREICHER: Ich will raus zum Pinkeln!

EINE STIMME: Bei Alarm wird nicht gepinkelt.

ABDON: Das Reden ist an allem Schuld. Weil ich diese Scheißangewohnheit nicht ablegen konnte, zu reden und mich aufzuspielen …

JULES: Ruhe!

ABDON: Nein, wenn ich es jetzt nicht sage, bereue ich es.

MANTECÓN: Ein bißchen früher oder später … Sprich, sprich nur.

ABDON: Ich habe immer nur den Maulhelden gespielt. Mehr sein als die anderen, nur durch Schnabelaufreißen. Ich kann es nicht ertragen, daß jemand etwas macht, das ich auch tun könnte, ohne zu ihm zu sagen: Weg da! Ich mache es mit Köpfchen!

Niemand beachtet ihn. Er redet mit sich selbst zu dem fernen Krachen der Flugabwehr.

ABDON: Meine Zunge hat mich verraten. Wenn ich nicht geredet hätte, wäre ich nicht hier. Um mich wichtig zu machen, habe ich gesagt …

WEISSMAN: *(Unterbricht ihn)* Ruhe! Du Schwatzmaul.

ABDON: Nein! Nein! Hör mich an! Ich habe immer gelogen.

MANTECÓN: Wie jetzt.

ABDON: Nein. Jetzt nicht. Jetzt habe ich Angst. Ich habe keinen Anschlag auf den Kardinal Soldevila verübt, ich habe nicht an dem Attentat gegen Dato teilgenommen, ich habe Mestre nicht getötet, und auch den Unterschlupf von …

MANTECÓN: Um so schlimmer.

ABDON: Glaubt mir denn keiner? Aber ich schwöre, daß ich

nichts getan habe! Nichts, nichts, nichts! Nichts weiter, als mich in fremdem Ruhm zu sonnen.

JULES: Das nennst du Ruhm?

ABDON: *(Verwirrt)* Was denn sonst?

Wochenschau

Mit Bildern unterlegter Text, gesprochen von verschiedenen Stimmen.

STIMMEN: Am 15. Mai erklärt der französische Regierungschef, Monsieur Paul Reynaud, daß »die Welt sehen wird, wozu Frankreich fähig ist. Die Regierung wird in Paris bleiben.«

Am 17. treten die französisch-britischen Truppen den Rückzug an.

Am 19. versichert Paul Reynaud, daß »die derzeitige Situation sehr ernst, aber nicht verzweifelt« sei.

Am 25. besetzen die Deutschen Calais.

Am 26. sagt der Oberkommandierende der belgischen Streitkräfte, daß »die Grenze des belgischen Widerstands bald erreicht ist«.

Am 28. beginnen die alliierten Truppen in Dünkirchen mit der Evakuierung. Der belgische König kapituliert, wohingegen die belgische Regierung beschließt, den Kampf fortzuführen.

Außerhalb der Tribünen

Olden und Leslau, in einer Ecke sitzend, essen ihre Ration.

OLDEN: Wenn die Nazis kommen, bringe ich mich um. Der Gedanke, daß ich zu Hause fast hundert Gramm Zyankali hatte ... ins Klo gespült! Wenn sie mich lassen würden, würde ich mit den Deutschen reden, auf Deutsch, als Deutscher!

LESLAU: Zu den Panzern? Die haben keine Ohren, die verstehen nur Bomben und Granaten. Sich umbringen ist feige. Man muß durchhalten, Alter, durchhalten.

EIN TSCHECHE: *(Der sie reden hört)* Vielleicht glaubt ihr mir nicht, ich bin eben erst angekommen; aber als das in München war, kam ich, der ich Flieger bin, mit meiner Maschine aus Prag, um Frankreich zu dienen. Und hier bin ich ...

OLDEN: *(Zu dem Tschechen)* Wie viele Bücher, wie viele Artikel, die ich nicht gegen den Nazismus geschrieben habe?

Wochenschau

Bilder entsprechend dem Text.

NEUTRALE STIMME: Am 2. Juni beschießt die deutsche Flotte Narvik. Am 5. Juni beruft Reynaud General de Gaulle ins Kriegsministerium. Weiterer Vormarsch der Deutschen. Am 10. erklärt Italien Frankreich den Krieg.

Das Innere der Tribünen. Tag

ABDON: *(Zu Scarsi)* Sie sollen nicht unbedingt denken, ich wäre besser als die anderen, aber auch nicht, daß ich weniger wert bin. Ich glaube, die anderen haben ein falsches Bild von mir, sie halten mich für einen Niemand und gestehen mir nicht den Rang zu, der mir gebührt. Denn ich bin so gut wie der beste.

SCARSI: Jetzt gib aber Ruhe! Soll deine Frau das ertragen!

Wochenschau

Schlacht. Panzer. Flugzeuge, Sirenen. Züge, Krankenhäuser. Gesprengte Brücken. Städte in Ruinen.

NEUTRALE STIMME: Die französische Regierung tritt in Gangey, nahe Tours, zusammen. General Weygand ist bereit, um Waffenstillstand zu bitten. Feldmarschall Pétain unterstützt den Vorschlag. Die französische Regierung weist ihn zurück. Allgemeiner Rückzugsbefehl an die französischen Truppen.

Rue de Saint Honoré

Am Ausgang einer Kunstgalerie treffen sich Matisse und Picasso.

MATISSE: Es heißt, die Deutschen haben die Meuse überquert.

PICASSO: Das kann nicht sein. Haben wir keine Armee? Haben wir keine Offiziere? Haben wir keinen Generalstab?

MATISSE: Gerade deshalb: Das ist die Akademie der schönen Künste.
PICASSO: Was wirst du tun?
MATISSE: Ich gehe nach Neapel, um mich nach Brasilien einzuschiffen. Und du?
PICASSO: Weiß nicht.

Eingang zum Stadion. Tag

Der Kommissar fährt im Auto vor, stürzt heraus und übergibt dem Feldwebel, der Wachdienst hat, einen Umschlag.

KOMMISSAR: Übergeben Sie ihn unverzüglich dem Kommandanten, ich habe keine Zeit …
FELDWEBEL: Was geht hier vor?
KOMMISSAR: Befehl zur Evakuierung, noch heute.
FELDWEBEL: Alle?
KOMMISSAR: Alle.

Der Kommissar eilt zurück zu seinem Auto.

Das Innere der Tribünen

Großes Durcheinander. Alle bereiten sich auf die Evakuierung vor. Jules tritt zu dem Griechen.

JULES: Ich kann nicht von hier weg …
GRIECHE: Wie bitte?
JULES: Der Ministerialausschuß entscheidet heute meinen

Fall. Das hat mir meine Frau gestern geschrieben. Alles ist unter Dach und Fach.

GRIECHE: Wir haben den Befehl, alle zu evakuieren. Und alle sind alle.

Der Hauptmann kommt herein. Pinto geht zu ihm, sehr entschlossen.

PINTO: Ich habe mich zur Fremdenlegion gemeldet. Ich bin untauglich erklärt worden, aber ich will ein Gewehr, um Paris zu verteidigen. Ich liebe Frankreich, und ich will nicht undankbar sein.

HAUPTMANN: *(Zum Feldwebel)* Der da will ein Gewehr.

FELDWEBEL: Um uns rücklings zu erschießen.

Vor dem Eingang des Stadions. Nacht

Endlose Schlange von Festgenommenen, jeweils zwei und zwei, auf die verschiedenste und unglaublichste Weise gekleidet. Die Schlange biegt hinter die Gebäude ein. Die Kameraden werden getrennt, da jeweils eine Reihe zu jeweils einer anderen Gruppe gehört. Sie werden aufgerufen; sie gehen fünf Meter vor, mit ihren Habseligkeiten beladen. Werden von Gardes Mobiles *eskortiert, die nun in beeindruckender Anzahl anrükken – Karabiner geschultert, Stahlhelm, Gasmaske. Der Lagerkommandant persönlich geht die Liste durch.*

KOMMANDANT: Paul Landsberg, Otto Rinke, Juan Álvarez, Jean Couteau, Luis Pérez *(ad libitum)*.

Zusätzlich zu unseren Bekannten ein Geck mit Zylinderhut, ein Bauer mit Wanderstock, einer mit einem Eimer, ein anderer – der auf den Namen Antonio Machado hört – mit zwei schweren Koffern. Einer der Koffer klappt auf, und sein Inhalt, Wäsche und Kleidung, fallen heraus. Hier und dort Lachen, das sofort unter Zischen verstummt. Leslau schleppt einen bleischweren Koffer. Währenddessen erteilt der Hauptmann seinen Männern Befehl zum Strammstehen, Laden, Anlegen, bevor es heißt, »jedermann an seinen Platz, ausruhen«. Dann wendet er sich allen Gefangenen in einem freundlichen, vollkommen anderen Ton zu, als wir ihn bisher in ähnlichen Situationen vernommen haben.

HAUPTMANN: Meine Männer haben Befehl, beim ersten Fluchtversuch zu schießen, und zwar in den Bauch, wenn Sie es genau wissen wollen. *(Zu den Soldaten)* Handschellen anlegen.

Jeder Soldat wendet sich zu einem Häftlingspaar und legt ihm Handschellen an.

HAUPTMANN: Auf die Lastwagen!

Leslau mit seinem Kameraden, der ihm hilft, seinen Koffer zu tragen.

LESLAUS KAMERAD: Was hast du da drin?

LESLAU: Manuskripte.

VILLANUEVA: *(Der hinter ihnen ist)* Du bist nicht richtig im Kopf.

LESLAU: Der ist das einzige, was noch anständig funktioniert.

MANTECÓN: *(Der ihnen zuhört)* Dabei kommen jetzt die

Nazis; und ich muß lachen bei dem Gedanken, was sie mit dir und deinen Manuskripten anstellen werden.

OLDEN: *(Mit Mantecón an einer Handschelle)* Also, Zyankali ist auf jeden Fall besser.

MANTECÓN: Wer hindert dich daran?

LESLAU: Laß ihn in Frieden.

OLDEN: Ausgerechnet den werde ich nie finden.

MANTECÓN: Wir können nicht verlieren. Wir Menschen sind Phantasten, die immer meinen, am Ende bekommen sie ihren Teil.

OLDEN: Und ich nicht?

MANTECÓN: Offenbar.

OLDEN: Aber ich bin Schriftsteller.

MANTECÓN: Ein Grund mehr. Was du in dir trägst, wer nimmt es dir weg?

LESLAU: Und die verlorene Arbeit?

MANTECÓN: Schämst du dich nicht, wenn du die anderen siehst?

LESLAU: Mir geht es um mich.

MANTECÓN: Scher dich zum Teufel.

Die Häftlinge steigen nach und nach auf die Lastwagen.

Eine Eisenbahnstrecke vor der Stadt. Tag

Morgengrauen über dem freien Gelände. Die Häftlinge steigen in Güterwaggons.

Das Innere eines Güterwaggons, während der Fahrt. Nacht

Festgenommene, zusammengepfercht. Rattern. Der Zug hält abrupt an. Das Krachen von einschlagenden Bomben und Maschinengewehren. Die Festgenommenen versuchen, die Tür zu öffnen, vergeblich. Sie kreischen, hämmern. Die Hände an der Tür, bei ihren verzweifelten Bemühungen.

MEHRERE: Aufmachen! Aufmachen! Aufmachen!

CAÑIZARES: *(Sitzt da, jedem Leid enthoben)* Macht euch keinen Kummer, ihnen ist es lieber, sie bringen uns um, als daß wir entkommen.

Lärm eines Flugzeugmotors und eines Maschinengewehrs. Noch eins und noch eins und noch eins. Das Dach des Waggons von Kugeln durchsiebt. Schreie. Durch die Einschlaglöcher dringt langsam das Morgenlicht.

Land. Tag

Eine Straße. Vögel zwitschern. In der Ferne ein brennendes Dorf. Der endlos lange Zug der gehenden Gefangenen. Sie sind am Ende ihrer Kräfte. Der Hauptmann, an der Spitze, ruft seinen Adjutanten, der Haltung annimmt.

HAUPTMANN: Hier kommt ein Sonderbefehl: keine Nachzügler. Verstanden?

ADJUTANT: *(Haltung annehmend)* Zu Befehl, Herr Hauptmann.

Die gesamte Reihe. Das Ende des Zugs. Einige, die schwächsten, die Alten, bleiben zurück, werden von dem jeweils kräftigeren Kameraden, der an sie gekettet ist, mitgeschleift. Die meisten geben ihre Bündel auf, die verstreut auf der Landstraße liegenbleiben. Der Hauptmann ist stehengeblieben und sieht sie vorüberziehen.

HAUPTMANN: Halt!

Erleichtertes Seufzen bei den meisten.

HAUPTMANN: Handschellen abnehmen!

Die Gendarmen und Soldaten führen den Befehl aus.

Wochenschau

Einmarsch der Deutschen in Paris.

Land. Tag

Der Marsch geht weiter. Die Schwächsten bleiben zurück. Einige, die den anderen helfen.
Die Spitze des Zugs. Der Hauptmann, in die Ferne blickend. Das brennende Dorf. Der Gefangenenzug. Die müden Beine derer, die sich dahinschleppen. Drei lassen sich in den Straßengraben fallen. Der Hauptmann, beim Gehen. Man sieht sein Gesicht, unpersönlich, einige Schüsse sind zu hören. Einige Soldaten kommen und schließen sich wieder dem Zug an, stecken ihre Pistolen ins Halfter.

Eine andere Stelle der Straße

Wildblumen entlang der Böschung. Bäume, Sträucher, Büsche, wolkenloser Himmel. Das Ende der langen Reihe Gefangener, mit ihrem Gepäck beladen. Unter den Nachzüglern Leslau mit seinem enormen Koffer. Die Wachen foppen ihn.

MANTECÓN: *(Zu Leslau, im Befehlston)* Laß ihn stehen! Komm!

LESLAU: Nein.

MANTECÓN: Willst du lieber, daß sie dich töten?

LESLAU: Das sind sechs Jahre Arbeit.

MANTECÓN: Wenn sie dich ummähen, wie viele hast du dann noch?

LESLAU: Das ist mir egal. Das hier ist der Beweis, daß einige Wurzeln im Sanskrit ...

Ein Soldat nähert sich, drohend. Mantecón beschleunigt den Schritt.

SOLDAT: *(Zu Leslau)* Schneller.

Leslau bleibt stehen.

LESLAU: Ich kann nicht mehr.

SOLDAT: Weitergehen!

LESLAU: Ich kann nicht mehr. *(Auf den Koffer zeigend)* Er ist zu schwer.

SOLDAT: Das ist nicht mein Problem. Los! Wird's bald!

LESLAU: Ich kann nicht mehr.

Die Wache legt die Hand an den Pistolenhalfter. Leslaus Gesicht; blickt auf, sieht über die Landschaft; sieht

Mantecón, der sich zu ihm umdreht. In der Zwischenzeit ist ein Unteroffizier herangekommen.

UNTEROFFIZIER: Niemand darf stehenbleiben!

SOLDAT: *(Zeigt auf den Koffer)* Er schafft es mit dem Koffer nicht ... Er ist tonnenschwer.

UNTEROFFIZIER: *(Zu Leslau)* Was hast du drin?

LESLAU: Bücher.

UNTEROFFIZIER: *(Nach leichtem Zögern, zu dem Soldaten)* Helfen Sie ihm.

Ein Dorfplatz. Tag

Riesiges Durcheinander. Flüchtlinge aller Art: zu Fuß, auf Wagen, in Autos. Ankunft der Häftlinge. Inmitten des Getümmels spricht Villanueva mit einem anderen Spanier.

VILLANUEVA: Erinnert dich das nicht an etwas?

SPANIER: Vor wenig mehr als einem Jahr wollten sie uns nicht glauben ...

VILLANUEVA: Als würden wir zwischen Gerona und Figueras stecken.

Ein Stück weiter, Weissman mit einem Alten.

ALTER: Ich habe Durst.

WEISSMAN: Na, immerhin sehe ich, daß du noch eine Zunge hast ... Warum bist du hier?

ALTER: Weiß nicht. Ich nehme an, weil ich Jude bin.

WEISSMAN: Aber hier in Frankreich gibt es keinen Antisemitismus!

ALTER: Wer's glaubt, wird selig.

Schlesinger neben ihnen, am Ende.

SCHLESINGER: Hast du einen Franc?

Am Boden sitzend, wie erschlagen, Mantecón und Leslau.

MANTECÓN: Da hast du es; was du gerade erlebt hast, kann dir nur in Frankreich passieren. Die scheiß Kultur ...

LESLAU: Und in Aragón?

MANTECÓN: Wenn du Chorizos dabei gehabt hättest, kein Problem.

Ein Café an dem Platz

Lärm, Gegrummel, Schreie, ein Radio, das man undeutlich hört. Menschengewimmel. Der Hauptmann der Gardes Mobiles *und seine Adjutanten, an einem Tisch sitzend.*

HAUPTMANN: Sie haben Lastwagen versprochen, also werden Lastwagen kommen.

Eine Alte tritt zu dem Hauptmann.

ALTE: Stimmt es, daß die Deutschen in Paris einmarschiert sind?

EINER, DER MITGEHÖRT HAT: Gestern.

EIN ANDERER: Vorgestern.

Plötzlich Stille: Man hört das Radio.

STIMME IM RADIO: Heute, am 16. Juni, ist eine neue Regierung gebildet worden, unter dem Vorsitz von Feldmarschall Pétain.

Der Dorfplatz

Die Gefangenen steigen in Lastwagen mit vergitterten Fenstern. Eine Menschenmenge sieht zu.

EIN KIND: *(Zerschunden, zu seinen Eltern)* Haben die es gut!

Führerhäuschen eines fahrenden Lastwagens. Nacht

Ein Soldat, der zwischen einem von den Gardes Mobiles *und dem Fahrer sitzt. Sichtbar angeschlagen, Zweiwochenbart. Fieber.*

SOLDAT: Sie haben uns verkauft. Sie haben uns verraten.
WACHE: Wer?
SOLDAT: Was weiß ich! Wenn du es am wenigsten erwartet hast, hattest du die Boches im Nacken. Ich bin kein Feigling, bei Gott nicht! Ich bin kein Feigling, aber ich mußte wegrennen. Was hätten wir tun sollen? Und dann diese Geschichte mit dem Belgischen König. Was soll nur aus uns werden.

Klopfen aus dem Innern des Lastwagens.

SOLDAT DER GARDES MOBILES: Was ist? Was wollen die?

STIMME: *(Drinnen)* Ich glaube, einer ist tot.

SOLDAT: Was?

STIMME: *(Drinnen, brüllend)* Einer ist tot.

SOLDAT: Mir, warum erzählen Sie das mir? Wir können nicht anhalten. Wenn wir ankommen ...

Eine breite Straße. Tag

Ein langer Zug von Zivilisten auf der Flucht. Eine Menschenmenge. Marie, mit mehreren Bündeln beladen, gehend.

Eine andere Straße. Tag

Weniger Leute. Marie, am Ende ihrer Kräfte, gehend.

Eine schmale Straße. Tag

Marie, auf einem Kilometerstein sitzend. die einsam daliegende Straße. Ein Auto kommt. Marie, sich aufraffend, versucht es anzuhalten, umsonst.

Eine Zufahrtsstraße. Früher Abend

Marie, die auf einen Bauernhof zugeht.

Bauernhof. Abend

Die Küche. Eine Petroleumlampe. Marie, die gierig ein Glas Milch trinkt. Neben ihr eine Alte.

ALTE: Sie sagen, die Deutschen sind in Orléans. Sie sagen, wir haben den Krieg verloren. Was für eine Schande! Wenn man sich nicht sicher ist, ob man einen Krieg gewinnen wird, sollte man ihn gar nicht erst führen.

MARIE: Aber wenn man angegriffen wird?

ALTE: Was haben wir mit Polen zu tun?

MARIE: Danach wären wir an der Reihe gewesen.

ALTE: Vielleicht wäre ich vorher gestorben ... Sie haben mir Vierzehn-achtzehn schon einen Sohn getötet.

MARIE: Wollen Sie etwa, daß sie in zwanzig Jahren Ihren Enkel töten? Es mußte ein für allemal Schluß gemacht werden.

ALTE: Aber sie haben mit uns Schluß gemacht.

MARIE: Der Krieg ist noch nicht zuende.

Das ungläubige Gesicht der Alten.

Vergammeltes Büro einer Präfektur in der Provinz

Marie einem Beamten gegenüber.

BEAMTER: Nein, wir wissen nichts. Erkundigen Sie sich in Gurs, in Brand, in Agde, in Septfonds, in Vernet ...

Der Hauptplatz

Große Ulmen. Marie kommt aus der Präfektur. Geht auf ein Café zu. Während sie geht, zum Umfallen müde, ertönt aus einem Lautsprecher die Rede von Pétain in Bordeaux.

STIMME PÉTAINS: Mit gebrochenem Herzen sage ich euch heute, daß wir den Versuch unternehmen müssen, die Kampfhandlungen zu beenden. Letzte Nacht habe ich mich an den Feind gewandt, um ihm anzutragen, ob er bereit sei, zusammen mit uns, von Soldat zu Soldat, nach dem Kampf und unter Wahrung der Ehre, einen Weg zu suchen, um den Feindseligkeiten ein Ende zu setzen.

Marie ist stehengeblieben. Neben ihr ein Alter. Er sieht sie an; dann blickt er auf.

ALTER: *(Zu dem Lautsprecher)* Scheiße!

Sicht auf das Konzentrationslager Vernet d'Ariège, von einem fahrenden Zug aus. Tag

Die alten, grauen Baracken, der Stacheldraht, die Wachhäuschen. Ringsum das Land, wunderschön. Im Hintergrund die Pyrenäen.

Im Innern des Lagers

Eine lange Reihe Häftlinge, in der Nähe des Stacheldrahts, mit großen Steinen in den Händen, sie sehen den Zug vorüberfahren.

Außerhalb des Lagers

Der Zug aus der Sicht der Gefangenen, wie er in den Bahnhof einfährt.

Im Innern des Lagers

Die Häftlinge, Meter um Meter, reichen sich Steinbrocken, einer dem anderen, in einer Kette. Oberleutnant Combs schreitet die Reihe ab. Am Ende der wachsende Haufen einer großen Anzahl Steine.

COMBS: *(Bläst in die Trillerpfeife und befiehlt)* Halt!

Alle legen die Arbeit nieder, richten sich auf, spüren ihre Müdigkeit, als sie sich die Arme reiben, den Schweiß trocknen, die Muskeln recken.

COMBS: Jetzt, andersherum, von hier nach dort. In der Ecke dort fehlt Verstärkung.

Richtet ein Zwinkern, das neckisch sein möchte, zu einer der Wachen. Eine weitere kommt, steht stramm.

WACHE: Die neuen, Oberleutnant.

OBERLEUTNANT: An die Arbeit!

Er bläst in die Trillerpfeife. Die Häftlinge reichen sich die Steinbrocken in umgekehrter Richtung.

Äußeres der Baracke der Lagerleitung

Zweierreihe, endlos lange Schlange der Neuankömmlinge, die sich bis zum Lagereingang zieht.

Inneres der Baracke der Lagerleitung

Zwei Schreiber, halbmilitärisch gekleidet, füllen Karteikarten aus. Hinter einer Theke gehen, ihre Personalien angebend, einige unserer Bekannten vorüber, und andere, die wir zum ersten Mal sehen.

ERSTER SCHREIBER: *(Peinlich genau mitschreibend)* Nationalität?

VILLANUEVA: Spanisch.

ERSTER SCHREIBER: Waren Sie politisch aktiv?

VILLANUEVA: Ich? Nie.

ERSTER SCHREIBER: Religion? *(Villanueva schweigt)* Gut, schreiben wir katholisch. Katholischer Herkunft … Nach Block C.

POLNISCHER GRAF: *(Zu Scarsi)* Was soll dieses C?

SCARSI: Die Strafrechtlichen kommen in A, die Politischen in B, und der Rest, der Mischmasch, in C.

POLNISCHER GRAF: Aber haben Sie denn nicht unsere Akten?

Kleines Büro der Lagerleitung

Der Hauptmann des Gefangenenzugs und Oberleutnant Combs.

OBERLEUTNANT COMBS: Jetzt wird Sie der Oberst empfangen. Wie steht's?

HAUPTMANN: Die Akten sind in Paris geblieben.

COMBS: Prächtig. Und woher sollen wir jetzt wissen, wer wer ist?

HAUPTMANN: Pah! *(Pause)* Dreiundzwanzig sind auf der Strecke geblieben.

COMBS: Geflohen?

HAUPTMANN: Nur sechs.

COMBS: Die übrigen?

Der Hauptmann streckt seinen Daumen nach unten.

COMBS: Schade, es hätten ruhig alle sein können. Hier haben wir schon mehr als genug.

Außerhalb der Baracke der Lagerleitung

Eine Gruppe Häftlinge mit Schrubbern in der Hand geht dicht an der Zweierreihe vorüber. Einer von ihnen – Barbena – sagt im Vorübergehen mit leiser Stimme zu den Wartenden.

BARBENA: Sie haben eure Akten verloren ... Sie haben eure Akten verloren ... Sie haben ...

Die Anstehenden sagen es sich untereinander weiter.

Im Innern der Baracke der Lagerleitung

ERSTER SCHREIBER: Wie heißen Sie?

SCARSI: Scarsi, Gregorio.

ERSTER SCHREIBER: Nationalität?

SCARSI: Staatenlos.

ERSTER SCHREIBER: Ihr Vater?

SCARSI: Giovanni.

ERSTER SCHREIBER: Ihre Mutter?

SCARSI: Rebecca.

ERSTER SCHREIBER: Aha, Jude?

SCARSI: Bedaure, nein.

ERSTER SCHREIBER: Warum bedaure?

SCARSI: Ich weiß schon warum.

ERSTER SCHREIBER: Trage ich Protestant ein?

SCARSI: Gut.

ERSTER SCHREIBER: Waren Sie politisch aktiv?

SCARSI: Bedaure, nein.

SCHREIBER: Nach C. Nächster. *(Zu Casteras)* Wie heißen Sie?

CASTERAS: Giovanni Antonio Pontorvo, Graf von Rimini. Mein Vater Alessandro; meine Mutter Lucrecia. Mohammedaner.

Der Schreiber sieht ihn voller Neugierde an. Aber er wundert sich nicht: Er hat schon viel gesehen. Schreibt.

Außerhalb der Baracke der Lagerleitung, nahe dem Stacheldrahtzaun

In der Schlange:

ORLÉANS: *(Zu einem Häftling)* Welcher Unterschied besteht zwischen B und C?

EIN HÄFTLING: *(Hinter dem Stacheldrahtzaun)* In C arbeiten sie, und die in B nicht.

ORLÉANS: Warum?

DER HÄFTLING: Im B sind die Politischen, und sie wollen nicht, daß die das Quartier verlassen.

Anderswo in der Schlange:

RADVÁNYI: *(Zu Leslau)* Man muß vor Spionen auf der Hut sein.

LESLAU: Nur die Ruhe.

RADVÁNYI: Sicher werden sie einige bei uns einschleusen.

LESLAU: Ich werde auf der Hut sein.

Inneres der Baracke der Lagerleitung

ERSTER SCHREIBER: Waren Sie nie politisch aktiv?

ORLÉANS: Doch.

ZWEITER SCHREIBER: Welcher Partei gehörten Sie an?

ORLÉANS: Ich habe Politik für den Vatikan gemacht.

SCHREIBER: Nach B ... Nächster.

Das Äußere der Baracke der Lagerleitung und Eingang des Lagers. Abend

Häftlinge kommen von draußen, schleppen Tragekörbe mit Bergen von Feuerholz. Unter ihnen Caamaño, der Mantecón in einer der immer noch langen Schlangen erblickt.

CAAMAÑO: *(Mit gedämpfter Stimme)* Gebt andere Namen an.
MANTECÓN: Soll dann deine Oma nach Mexiko gehen?

Jules steht neben Mantecón.

JULES: Vielleicht ist es gut, um früher rauszukommen.
MANTECÓN: Du mußt wissen, wie du zu deinem Namenspatron stehst.

Verwundertes Gesicht von Jules.

Der Block C

Zwölf riesige Verschläge auf jeder Seite. Zwei kleine in der Mitte für die Latrinen. Zwischen allem ausreichend Platz. Das Lager ist provisorisch mit Stacheldraht eingezäunt. Zwischen dem hinteren Teil der Baracken und dem Stacheldraht, der Block B und C voneinander trennt, gehen die Häftlinge entlang und hängen ihre Decken auf. Zur Begrenzung des Lagers nach außen verläuft der Stacheldraht doppelt.
Bedeckter Himmel. Es beginnt zu tröpfeln. Die Häftlinge, die umhertrotteten oder sich lausten, rennen plötzlich los: allesamt. Villanueva, der mit seinem Rucksack

zusammen mit anderen Neuankömmlingen mittendrin steht, fragt verwundert einen der Rennenden.

VILLANUEVA: Was ist los?

Der Rennende zeigt zum Himmel. Alle Häftlinge stürzen los, um ihre aufgehängten Decken hereinzuholen, und verschwinden mit ihnen in den Baracken. Das Lager, menschenleer.

Im Innern der Baracke der Lagerleitung

ZWEITER SCHREIBER: *(Zu Jules)* Vorname?
JULES: Jules.
ZWEITER SCHREIBER: Nachname?
JULES: Mayer. *(Besinnt sich noch einmal)* Nein. Hoffman.
ZWEITER SCHREIBER: Worauf einigen wir uns? Oder glaubst du, wir sind zum Zeitvertreib hier?
MANTECÓN: *(Der der nächste in der Reihe ist)* Selbstredend.

Ansicht von London. Abend

Wochenschau

Churchill vor einem Mikrofon, redend.

CHURCHILL: Die Nachrichten, die uns am heutigen Abend aus Frankreich erreichen, sind sehr schlecht, und mir blutet das Herz, weil dieses schreckliche Unglück über das heroische französische Volk hereingebrochen ist. Nichts wird unsere Gefühle ihm gegenüber ändern, ebensowenig wie unsere Gewißheit, daß Frankreichs Geist wieder auferstehen wird.

Deutsche Wochenschau

Deutsche Truppen beim Einmarsch in verschiedene Städte.

EINE STIMME: Die Deutschen besetzen Colmar, Cherbourg, Caen, Le Mans und Nevers.

Englische Wochenschau

General de Gaulle vor einem Mikrofon.

EINE ANDERE STIMME: Von London aus richtet General de Gaulle einen Aufruf an das französische Volk und setzt sich an die Spitze des Widerstands gegen die Nazis.

Deutsche Wochenschau

Hitler und Mussolini begrüßen sich freundschaftlich, einander die Hand reichend.

EINE WEITERE STIMME: In München kommen Hitler und Mussolini zusammen; beide Diktatoren stimmen darin überein, den Franzosen den erbetenen Waffenstillstand zu gewähren. Die franquistischen Truppen besetzen in Tanger die internationale Zone.

Das Innere eines Amtsgebäudes in Frankreich

Eine lange Reihe Frauen, die auf langen Holzbänken sitzen. Marie neben einer Alten mit einem Regenschirm und einer Zeitung. Sie kommen ins Gespräch.

MARIE: Hoffman.

ALTE: Wie kommt es, daß Sie mit so einem Nachnamen so gut Französisch sprechen?

MARIE: Mein Mädchenname ist Bertrand.

ALTE: Französin?

MARIE: Sicher doch.

ALTE: Und Sie haben einen Deutschen geheiratet?

MARIE: Mein Mann ist kein Deutscher.

ALTE: Was dann?

MARIE: Staatenlos.

ALTE: Das gibt es nicht. Aber wie dem auch sei. Warum haben Sie einen Ausländer geheiratet?

MARIE: Ich bin nicht die erste und auch nicht die letzte. Und ich war kein Kind mehr.

ALTE: Wie lange ist es her, daß Sie geheiratet haben?

MARIE: Drei Jahre.

ALTE: Und sie bereuen es nicht?

MARIE: Bereuen? Warum?

ALTE: Nun ja: Wegen der Dinge, die passieren, und wegen dem, was ihm passiert.

MARIE: Wenn ich mich so umsehe, kann ich noch froh sein: Von zwei Nachbarinnen bei mir im Haus sind die Männer in deutscher Gefangenschaft. Meiner ist zumindest in Frankreich. Ich weiß nicht wo, aber in Frankreich.

ALTE: Sie wissen nicht wo?

MARIE: Nein. Aber ich werde ihn finden. Und die im dritten Stock rechts, die ist Witwe; ihren Mann haben sie in Belgien getötet.

ALTE: Haben Sie keine Familie?

MARIE: Nein. Ich bin ein Findelkind.

ALTE: Sowas …

MARIE: Ich sage das nicht mit Bedauern. Lieber so als …

ALTE: Als was?

MARIE: Ich mußte gerade an eine Freundin denken. Aber das tut nichts zur Sache.

ALTE: Wie haben Sie Ihren Mann kennengelernt?

MARIE: Ich war Verkäuferin. Er war Angestellter bei einem Großhändler. Dann hat er sich selbständig gemacht.

ALTE: Und Sie haben nicht gearbeitet?

MARIE: Nicht mehr.

ALTE: Sowas nennt man Glück.

MARIE: Ja.

ALTE: Und Ihr Mann, auch wenn er Ausländer ist, warum hat er sich nicht freiwillig gemeldet?

MARIE: Sie haben ihn nicht genommen.

ALTE: Warum?

MARIE: Ein Leistenbruch.

ALTE: So etwas läßt sich operieren.

MARIE: Das wollte er tun, aber dann haben sie ihn festgenommen, weil sie ihn mit seinem Bruder verwechselt haben.

ALTE: Was wird Ihrem Schwager vorgeworfen?

MARIE: Er hat in Spanien gekämpft.

ALTE: Das ist alles ein Unglück. Es ist mir schleierhaft, wie es soweit kommen konnte. Aber wenigstens ist es jetzt vorbei.

MARIE: Glaube ich nicht. Einer, der vorher im Kriegsministerium war, soll gesagt haben, daß der Kampf von London aus weitergeht.

ALTE: Hör mir auf mit den Engländern, alle gleich, Heuchler, Verräter …

MARIE: Wenn Sie meinen …

Die Alte setzt die Brille auf und nimmt die Zeitung zur Hand.

Die Zeitung

Datum: 22. *Juni* 1940. *Schlagzeile:* Unterzeichnung des Waffenstillstands. *(In kleinerer Schrift)* Durch die Generäle Keitel und Huntziger.

STIMME MARIES: Zwei deutsche Namen ...
STIMME DER ALTEN: Sie sind in Saint Nazaire.
NEUTRALE STIMME: Am 24. erreichen sie Saint-Étienne und Angoulême.

Eine andere Zeitung

Schlagzeile: Französisch-italienischer Waffenstillstand. Unterzeichnet in Rom, um 19 Uhr 15 durch General Huntziger und Feldmarschall Badoglio.

Eine andere Zeitung

Datum: 2. *Juli* 1940. *Schlagzeilen:* Die Regierung von Feldmarschall Pétain nimmt ihren Sitz in Vichy. Die russische Armee besetzt Besarabien und die nördliche Bukowina.

Man hört Regen rauschen. Den Regen, in den Bäumen, in den Pfützen.

Das Innere von Baracke 34.
Block C, in Vernet d'Ariège. Nacht

Das Rauschen des Regens. Die Baracke ist etwa dreißig Meter lang, alle zwei Meter befindet sich eine Abtrennung vom Boden bis zur Decke, mit jeweils drei Abteilungen von je einem Meter Höhe. In jeder dieser Nischen finden drei Mann liegend Platz. Der Mittlere legt sich meist umgekehrt hin, mit dem Kopf zu den Füßen der beiden anderen.
In der Mitte der Baracke das funzelige Licht einer Glühbirne.
Ein Teil der Männer schläft, einige schnarchen, einer träumt laut.

DER TRÄUMER: Irene!
SEIN NEBENMANN: Ta gueule!

Ein anderer raucht, der nächste weint unter seiner Decke, einige liegen wach und starren auf die Holzverschläge, die sie einsperren. Einige reden leise. Die Nische von Jules, Leslau und Karpaty, wobei letzterer schläft.

LESLAU: Und Sie haben sie gesehen?
JULES: Ja.
LESLAU: Und Sie waren mit ihr zusammen?
JULES: Einen Tag.
LESLAU: Ich würde mein Leben geben für ein paar Stunden.
JULES: Noch immer kein Brief?
LESLAU: Schlimmer. *(Pause)* Von Mal zu Mal flauer, immer weniger Anteilnahme. Warum hat mich dieser Unteroffizier nicht abgeknallt?
JULES: An dem Tag, an dem Sie am wenigsten damit rech-

nen, werden Sie sie auf der Landstraße stehen sehen, wie sie Ihnen winkt.

LESLAU: Ich habe mir nie etwas vorgemacht. Ich bin Philologe.

JULES: Was ist das?

LESLAU: Ich studiere – habe studiert – die Herkunft der Wörter. Ich weiß, was sie ausdrücken möchten. Wozu ist das gut?

JULES: Um sich zu verstehen.

LESLAU: Aber sie versteht mich immer weniger.

JULES: Vielleicht kann sie es nicht. Ob es uns gefällt oder nicht, hier haben wir unsere Ruhe, während die draußen weiß Gott was ertragen müssen. *(Pause. Das Rauschen des Regens. Schritte der Wachablösung)* Marie, allein in Paris.

LESLAU: Wenn ich wüßte, daß Anne allein ist, wäre ich beruhigt.

JULES: Hat sie Sie nicht geliebt?

LESLAU: Sie haben die korrekte Zeit verwendet.

JULES: Ich verstehe nicht.

LESLAU: Die Vergangenheitsform. Was mir aber den Schlaf raubt, ist die Gegenwart.

Auf dem Zwischenboden darüber: Villanueva, Scarsi und Mauri.

VILLANUEVA: *(Laut zu Leslau)* Wenn du nicht schläfst, laß die anderen schlafen. Du wirst schon noch Gelegenheit haben zu jammern.

MAURI: *(Zu Villanueva)* Der besitzt zumindest die Gabe des Zweifelns.

VILLANUEVA: Du etwa nicht?

MAURI: *(Mit weit geöffneten Augen, nach oben blickend)* Nein.

STIMMEN: Pst! Pst!

Wieder Jules, Leslau und Karpaty.

KARPATY: *(Im Schlaf)* Hinterlaß keine Spur. Mach alles weg.

LESLAU: Was er damit wohl meint?

JULES: Warum ist er hier?

LESLAU: Politik. Aber er spricht mit niemandem darüber.

JULES: Und Sie, warum sind Sie festgenommen worden?

LESLAU: *(Lächelnd)* Politik. Weil ich mit Gott und der Welt gesprochen habe.

JULES: Aber als Professor …

LESLAU: Das schützt nicht vor gewissen Ideen.

JULES: Kommunist?

LESLAU: Nein. Sozialist.

JULES: Das verstehe ich nicht.

LESLAU: Wissen Sie, zudem bin ich Österreicher. *(Pause)* War ich.

Rhythmisches Geräusch von Schritten.

Das Innere des Lagers. Nacht

Eine Patrouille geht außen am Stacheldrahtverhau vorbei. Wachablösung. Der Stacheldrahtverhau, von außen gesehen. Es regnet kräftig. Zwei Soldaten entfernen sich durch die Nacht, auf ein Licht zu: die Kneipe. Sie gehen hinein.

Das Innere der Kneipe

Qualm. (Alle rauchen) Lärm. (Alle reden) Gendarmen, einige von den Gardes Mobiles, *Soldaten. Wirt und Wirtin servieren. Man hört ein kleines, näselndes Radio.*

STIMME IM RADIO: Die Nationalversammlung, die in Vichy zusammengetreten ist, hat über den Antrag abgestimmt, der Regierung von Feldmarschall Pétain sämtliche Befugnisse zur Verabschiedung einer neuen Verfassung einzuräumen. Der Antrag erhielt 569 Ja-Stimmen, 80 Gegenstimmen, 18 Enthaltungen bei 667 Anwesenden von 830 Abgeordneten.

Das Innere von Block C.
Tagesanbruch

Zwischen Baracke und Baracke die Waschgelegenheiten, in Form einer Tränke. Aus den Baracken strömen nacheinander die Häftlinge. Die einen gehen zu den Latrinen, die anderen zum Waschen, einige waschen sich ein bißchen, andere ein bißchen mehr: Gesicht und Hände. Wenige entblößen sich von der Taille aufwärts. Ein Alter entblößt sich ganz und macht Morgengymnastik. Ein Einäugiger nimmt sich das Glasauge heraus und wäscht es gewissenhaft, bevor er es wieder einsetzt. Oberleutnant Combs kommt; bläst die Trillerpfeife zum Zählappell. Die Häftlinge stellen sich vor ihrer Baracke auf. Neben Jules der Knirps.

DER KNIRPS: Heute ist Freitag, gleich bekommst du was zu sehen.

JULES: Was?
DER KNIRPS: Abwarten.

Die Feldwebel kommen zum Zählappell, je Baracke einer. Weissman steht vor der 34.

WEISSMAN: Stillgestanden!

Alle nehmen Haltung an, nehmen die Kopfbedeckungen ab. Alle bis auf einen.

KNIRPS: *(Zu Jules)* Auf ihn ist Verlaß.
JULES: Wie bitte?
KNIRPS: Heute ist Freitag, und seine Religion verbietet ihm, sich zu entblößen.

Der Feldwebel blickt ihn an.

FELDWEBEL: *(Zu dem »Sohn Jehovas«)* Komm her.

Der »Sohn Jehovas« tritt vor.

FELDWEBEL: Nimm das vom Kopf. *(Der »Sohn Jehovas« unbewegt, vor den Reihen der Häftlinge)*

Ohrfeige des Feldwebels für den »Sohn Jehovas«. Der Feldwebel reißt ihm die Kappe vom Kopf und trampelt darauf herum.

FELDWEBEL: Fünf Tage Bunker!
KNIRPS: *(Zu Jules)* So geht das jeden Freitag. Am Mittwoch lassen sie ihn wieder aus dem Knast. Und von denen gibt es vierzig im Lager. Sie nennen sie die »Söhne Jehovas«.
CASTERAS: Was haben sie davon?

WEICSEN: Sie leben.

CASTERAS: Es gibt keinen anderen Sinn des Lebens als den, daß man uns auf die Welt gespuckt hat. Das ist gut ausgedrückt, nicht? Gespuckt hat man uns …

Währenddessen geht Weissman die Liste durch.

FELDWEBEL: Alle Belgier, die sich gestern gemeldet haben, um in ihr Land zurückzukehren: Abmarschbereit in einer halben Stunde!

Das Innere von Baracke 34. Tag

Sieben Belgier packen ihre Koffer. Jules und Caamaño fegen.

CAAMAÑO: Wie sollten sie den Krieg gewinnen? In Wirklichkeit wollte niemand den Krieg. Aber hier, in Frankreich, wollte man ihn schon gar nicht. Ganz zu schweigen von Belgien. Dort lebte es sich so gut! Hätten sie sie doch in Frieden gelassen, überzeugt wie sie waren, daß nichts passieren würde, und daß, wenn doch etwas passierte, es schon nicht so schlimm werden würde.

JULES: Es heißt, Liebe macht blind.

CAAMAÑO: Blind ist der Egoismus. Zuerst kam die Sache in Äthiopien, und Laval verzichtete auf Sanktionen. Dann kam die Sache in Spanien, und sie erfanden die Nicht-Einmischung und drückten uns langsam die Luft ab. Sie wollten nichts wissen: Hauptsache, man ließ ihnen ihren Aperitif und ihre Butter, Hauptsache, man nahm ihnen nichts weg. Mit dieser Haltung, wie willst du da Krieg führen? Was war von einem Volk zu erwarten, das zusah, wie sie uns einsperrten? Was war von Offizieren zu erwarten, die Hitler für seine Methoden und seinen Antikommunismus bewunderten? Glaubst du, sie hätten Paris übergeben, wenn sie wirklich gefühlt hätten, worum sie kämpften? Ich bitte dich! 1870 haben sie sich verteidigt. Etwas war faul, und das brachte das ganze Gebäude zum Einsturz.

VILLANUEVA: *(Der sich gerade laust)* Drei Jahre haben wir gekämpft, damit es auf der Welt keine Konzentrationslager mehr gibt ...

In der Tür Weissman, der zusieht, wie die Belgier hinausgehen. Er fragt Mantecón.

WEISSMAN: Wie erklärst du dir diese Katastrophe?
MANTECÓN: Nun, die Nicht-Einmischung geht weiter.
WEISSMAN: Alle französischstämmigen Einwohner aus dem Elsaß und aus Lothringen sollen ausgewiesen und enteignet werden.
MANTECÓN: Und du bist Elsässer.
WEISSMAN: Aber ich habe kein Eigentum ...

In Block C. Tag

Eine sehr zahlreiche Menge, in der Mitte stehend. Die meisten gut gekleidet mit solide aussehenden Koffern. Von der Barackentür aus blicken Jules und Caamaño zu ihnen.

JULES: *(Bitter)* Wäre man doch Belgier! In wenigen Stunden in Paris.
CAAMAÑO: Nicht umsonst sind sie Faschisten.

JULES: Das ist etwas übertrieben.

CAAMAÑO: Wieso?

JULES: Sie sind königstreue Belgier. Einige von ihnen waren gute Menschen, zumindest die, die hier geschlafen haben.

CAAMAÑO: Wenn du die Leute danach beurteilst, ob sie gute Menschen sind oder nicht, hast du schon verloren.

JULES: Da sind wir unterschiedlicher Meinung.

CAAMAÑO: Wenn es dich glücklich macht.

JULES: Nicht, daß ich eine Gesellschaft ohne Arme und Reiche wollte; daß das Unsinn ist, habe ich schon verstanden; eine Nelke wird nie eine Rose, auch wenn du sie noch so hegst und pflegst. Nein, aber ich wünsche mir eine Welt, in der es Achtung vor den Menschen gibt; in der diese Verachtung, mit der man uns behandelt, ohne sich darum zu scheren, wer wir sind, nicht möglich wäre, in der die Erbärmlichkeit derer, die die Befehle ausführen ... Ich kann mich nicht ausdrücken.

CAAMAÑO: Das glaubst du nur.

JULES: Sieh doch: Ich habe nicht studiert, ich bin aus meinem Dorf nach Paris gekommen, vor mehr als zwanzig Jahren, ich habe in einer Fabrik für Elektrogeräte Arbeit gefunden, ein bißchen gespart, und mit noch einem bißchen, das ich mir zusammengeliehen habe, habe ich mich nach meiner Heirat selbständig gemacht. Das ist mein ganzes Leben. Das war es. Ich wollte nicht rechts noch links schauen, und jetzt entdecke ich, daß man nicht leben kann, ohne an die anderen zu denken. Heißt das, ich bin Revolutionär?

CAAMAÑO: Sei beruhigt; natürlich nicht.

In Block C. Früher Abend

Es regnet. Angetreten zum Zählappell. Der Feldwebel im Regenmantel. Alle Häftlinge durchnäßt, reglos, füllen den Raum zwischen den Baracken aus. Sie melden sich mit »hier«, sobald sie ihren Namen hören.

JULES: Können sie den Appell nicht ins Innere der Baracke verlegen?

CAAMAÑO: Aber dann würde es ihnen keinen Spaß machen.

Die lange Liste der Namen geht weiter. Nachdem er sich gemeldet hat, geht Jules in die Baracke.

Im Innern der Baracke. Abend

Jules tritt ein, geht zu seinem Platz. Was er zu beiden Seiten hört und sieht. Im ersten Verschlag auf der rechten Seite versucht Mauri, eine kaputte Brille zu richten.

MAURI: Das Problem ist, wie man an zwei Kilo Bohnen rankommt.

EINE STIMME: Muß der ständig vom Essen reden?

MAURI: Nicht zu übersehen, daß du Geld hast! Und was ist mit uns? Wir, die wir am Verhungern sind, haben wir nicht das Recht zu reden, worüber wir Lust haben?

Auf der linken Seite.

MORRISON: Am meisten liebt es der Mensch doch, beachtet zu werden. Ganz gleich ob Hausfrau, Lagerarbeiter, General oder Chemiker. Sich unentbehrlich fühlen, in der

Annahme, daß das, was man tut, niemand anderes tun kann. Und wir, die wir hier eingesperrt sind – der Grund ist nebensächlich –, wir stellen fest, daß die Welt sich weiter dreht, daß wir im Abseits stehen. Und so ist einem zum Sterben zumute.

STADTSTREICHER: Das Leben hat uns vergessen.

MORRISON: So ist es.

Der Stadtstreicher lächelt, glücklich.

MANTECÓN: *(Zu dem Stadtstreicher)* Du bist froh, weil niemand dich mehr beachtet. *(Zu Morrison)* Abgesehen davon ist das, was du gerade gesagt hast, blanker Unsinn.

Zweiter Verschlag rechts.

DER KNIRPS: Heute nacht habe ich von dem Truthahn geträumt, den wir Weihnachten gegessen haben. Und von der Makkaroni-Suppe.

DER WEISSGARDIST: Du Glücklicher! Den Geschmack, den du einmal genossen hast, nimmt dir keiner mehr weg.

EIN ALTER: *(Mit seinem Gebiß in der Hand)* Ich habe so viel abgenommen, daß es mir ständig rausfällt. *(Zu Jules)* Wollen Sie es mir nicht abkaufen?

Leslau, zu Villanueva, auf der linken Seite.

LESLAU: Wie kann man Ragout nur mit Gulasch vergleichen!

VILLANUEVA: *(Zu Caamaño)* Was ist Gulasch?

CAAMAÑO: Ein Fleischtopf, wie Ragout.

LESLAU: Wie kann man das nur vergleichen!

CAAMAÑO: Der eine wird in Frankreich zubereitet, der andere in Ungarn. Erzähl uns nichts.

Weiter vorne, auf der rechten Seite, Casteras und Karpaty.

CASTERAS: Es ist ganz einfach: Wenn du nachweisen kannst, daß du von deiner Familie Geld bekommst, lassen sie dich in Frieden.

KARPATY: Ich habe weder Geld noch Familie.

CASTERAS: Jeder kann dir helfen, Mann. Du schickst irgendeinem Bekannten, der in Freiheit ist, hundert Francs; und er schickt sie dir zurück. Du schickst sie ihm wieder – ich weiß wie – und so bis in alle Ewigkeit. Eine Hand hilft der anderen. Er in Marseille oder in der Hölle; du hier.

KARPATY: In der Hölle.

CASTERAS: Übertreib nicht.

Mitten in der Baracke prügeln sich zwei Alte. Man trennt sie.

WEISSMAN: *(Herbeieilend)* Was ist los? Was ist los?

EINER DER STREITHÄHNE: Sie haben ihm ein Bonbon für zwei gegeben, und er hat es allein aufgegessen!

DER ANDERE: Lüge!

WEISSMAN: Ruhe! Ruhe! Ihr wißt, daß ich alles tue für euer Wohl. Keine Randale! Keine Beschwerden!

PLATKE: *(Laut, kräftig)* Auch nicht über das zu geringe Gewicht des Brots?

WEISSMAN: Pst! ... Pst! Das bringe ich schon in Ordnung.

PLATKE: Auch nicht über die gestohlenen Milchkannen?

WEISSMAN: Davon weiß ich nichts.

PLATKE: Es wird schon seinen Grund haben, daß sie dich gleich bei deiner Ankunft zum Barackenchef gemacht haben. Schwein!

WEISSMAN: *(Baut sich auf)* Wehe, du beleidigst mich!

EINER DER BEIDEN STREITHÄHNE VON VORHIN: *(Zu Weissman)* Ruhe! Ruhe!

Jules durchquert die Baracke und geht durch die Hintertür hinaus.

In Block C. Später

Eine Gruppe Spanier – Barbena, El Maño, Cañizares. Gehen den Stacheldraht ab, der Block C von B trennt.

EL MAÑO: Viele Spanier sind gefallen.
BARBENA: Auf die Nase gefallen, willst du sagen.
EL MAÑO: Na und? Weißt du nicht, was ich meine? Deine Besserwisserei geht mir auf den Geist. Abends sind sie im Lager angekommen, und am Morgen waren sie tot, erledigt. Von so viel durch die Berge laufen mit dem Bündel auf der Schulter, auf der Flucht; und die Faschistenschweine hinterher. Ich sage nichts, nur daß ich aus Pina bin und eine achtköpfige Familie habe. Ich hab sie mitgenommen, und den Esel. Der wollte auf halber Strecke nicht mehr weiter. Also mußte ich ihn dalassen. Sollen ihn die Faschistenschweine essen. Wir haben uns verlaufen und landeten in Olot. Und dann auf zur Grenze. In Saint Cyprien das schlimmste, die Flöhe. Einer wurde sogar von ihnen aufgefressen. Hals über Kopf sind wir abgehauen.
JULES: *(Der sich zu der Gruppe gesellt hat)* Alle?
EL MAÑO: Alle. Wir haben hier und dort gearbeitet, sind von Dorf zu Dorf gezogen, von fünf Uhr morgens bis acht Uhr abends; und das bei schlechtem Essen. Nicht wenig, aber schlecht: Ungefähr so wie hier, damit ihr

eine Vorstellung davon habt. So sind wir immer weiter geflohen und haben gearbeitet, und irgendwann erreichten wir Paris. Und ob ihr es mir glaubt oder nicht, es hat mir gefallen. Und wir fingen an zu arbeiten wie die Verrückten, die ganze Familie, der ganze Haufen.

JULES: Und warum haben sie dich hergebracht?

EL MAÑO: Sieh dir den an! Wegen der Papiere.

JULES: Hattet ihr Papiere?

EL MAÑO: Woher denn bitte? Sie sagten mir, daß ich frei bleiben würde, wenn ich ihnen sage, wer Kommunist ist, wer Trotzkist. Ich bin von der CNT. Ich hab ihnen eine gescheuert. Naja, richtig gescheuert natürlich nicht.

BARBENA: Nicht bescheuert ...

EL MAÑO: Schwamm drüber. Unsere Zeit kommt schon noch.

Die hintere Gruppe, unter ihnen ein Deutscher und der polnische Graf.

DER DEUTSCHE: Wir waren sieben Brüder. Und alle sieben Kommunisten. Die Sozialdemokraten haben uns ins Gefängnis gesteckt. Ich konnte entkommen. Ludwig, Ernst, Fritz Wilhelm, Karl und Alfred wurden nach der Machtergreifung der Nazis erschossen. Sie brauchten nichts weiter zu tun als sie aus dem Gefängnis an die Wand zu führen. Mich steckten sie in ein Lager, ohne genau zu wissen, wer ich bin. Ich floh nach Frankreich. Habe geheiratet. Als der Krieg in Spanien ausbrach, bin ich dorthin. Nach zwei Jahren kehrte ich zurück, nur um meine Frau mit einem Spitzel liiert wiederzufinden, der sich als Genosse ausgab. Er hatte es eilig, mich zu denunzieren. Eineinhalb Jahre Gefängnis, und jetzt hier.

POLNISCHER GRAF: Du hast immer noch Lust zu leben?

DER DEUTSCHE: Wie am ersten Tag. Das Persönliche zählt

nicht. Wenn ich anfangen würde, über mein Mißgeschick nachzudenken, würde ich es nicht aushalten. Aber das Gute ist, ich fühle mich wie ein Pflasterstein mitten in einer Straße, und ich denke an nichts anders, als wie ich mich nützlich machen kann.

POLNISCHER GRAF: Du weißt nicht, wie ich dich beneide.

DER DEUTSCHE: Ich habe das nicht für mich gepachtet.

POLNISCHER GRAF: Vielleicht wenn ich dreißig Jahre jünger wäre ...

Der Stacheldrahtzaun zwischen Block B und C. Abend

Radványi in B und Leslau in C, sie unterhalten sich. Geben vor, auf dem Boden etwas zu suchen, während die vorherigen Gruppen vorbeigehen.

RADVÁNYI: *(Zu Leslau)* Weißt du schon, was mir passiert ist?

LESLAU: Nein.

RADVÁNYI: Sie hatten keine Zeit, von allen die Personalien aufzunehmen, also haben sie uns, die wir übrig geblieben sind, in die Baracke für ihre »Feste« gesperrt.

LESLAU: Was für Feste?

RADVÁNYI: Feste, die sie veranstalten, wenn Besuch kommt; der General oder der Präfekt. Dort stehen eine Bühne und Bänke.

LESLAU: Und?

RADVÁNYI: Du weißt, ich hatte ein Notizheft. Ich fürchtete, daß sie mich durchsuchen würden. Sie kamen herein, um uns die Mahlzeit zu bringen. Einer der Häftlinge sprach uns an. Er sagte uns, daß sie uns gründlich durchsuchen würden. Ich hielt mich für besonders schlau: Ich gab ihm mein Heft zu Aufbewahrung.

LESLAU: Und er war ein Spitzel.

RADVÁNYI: Du sagst es.

LESLAU: Und ausgerechnet du hast mir eingeschärft, ich solle mich vor Spitzeln hüten!

RADVÁNYI: Man lernt nie aus.

LESLAU: Und haben sie es dir zurückgegeben?

RADVÁNYI: Mit zwanzig Seiten weniger.

LESLAU: Und waren die wichtig?

RADVÁNYI: Nur für mich. Und durchsucht wurden wir auch nicht.

Schalterfenster eines dunklen Büros. Tag

Marie und ein Angestellter, der Unterlagen studiert; er schenkt ihr keine Beachtung.

MARIE: Hoffman, Jules. Er war in Paris am 8. Juni …

ANGESTELLTER: Viele Leute waren in Paris am 8. Juni.

MARIE: Er wurde nach Süden deportiert.

ANGESTELLTER: Wohin?

MARIE: Genau das möchte ich wissen. Das ist meine Frage.

In Block C. Tag

Oberleutnant Combs beim Kontrollgang durch das Lager. Er entdeckt Jules, der ihn nicht kommen sieht, schreibend auf einem Bänkchen. Combs tritt mit dem Fuß gegen die Bank, Jules erhebt sich, verwirrt.

COMBS: Stillgestanden, Grüßen, noch nie gehört? Wo haben Sie das Holz her? *(Zeigt auf das Bänkchen)*

JULES: Weiß nicht, Herr Oberleutnant. Jemand hat es mir geliehen.

COMBS: Wer?

JULES: Ich weiß nicht, wie er heißt.

COMBS: Sie wissen das nicht? Zu welcher Baracke gehört Sie?

JULES: Zur 34.

COMBS: *(Ruft)* Weissman! *(Dieser eilt herbei)* Von wem ist diese Bank?

WEISSMAN: *(Steht stramm)* Das weiß ich nicht, Herr Oberleutnant.

Im ganzen Block laufen die Häftlinge umher und sammeln Tische und Bänke ein. Schieben sie sich gegenseitig zu, um sie zu verstecken.
Combs ruft zwei Wachen.

COMBS: Generaldurchsuchung, alle Gegenstände aus Holz, die ihr findet, in die Mitte auf einen Haufen schichten. Jetzt werde ich euch mal zeigen, wie man Holz klaut!

In Block C. Nacht

Überreste eines Scheiterhaufens. Bänkchen, Tische, einige Balken, die langsam verglühen.

Inneres von Baracke 34. Tag

Oberleutnant Combs kommt herein und fragt Jules, der auf seinem Platz kauert und seine Kleidung umklammert.

COMBS: Wo ist der Barackenchef?

JULES: Weiß ich nicht.

COMBS: Wie? Was ist das für eine Art zu antworten? Stillgestanden!

In seiner Nische kann Jules das rein physisch nicht.

COMBS: Ich werde Ihnen das Leben schon noch beibringen!

EINE STIMME: Das Sterben.

COMBS: Wie? Was haben Sie gesagt?

JULES: Nichts.

COMBS: *(Brüllt)* Man sagt nicht: nichts. Sondern: nichts, Herr Oberleutnant. Wiederholen Sie das drei Mal.

JULES: *(Bebend vor Zorn)* Nichts, Herr Oberleutnant. Nichts, Herr Oberleutnant nichts. Verzeihung: Nichts, Herr Oberleutnant.

Lagergefängnis. Nacht

Eine enge Zelle. Fast vollständige Dunkelheit. Einzig eine vergitterte Fensteröffnung mit schmutzigen Scheiben, in denen sich von Zeit zu Zeit ein Licht spiegelt, das einige Gestalten zu erkennen gibt. Eine von ihnen ist Jules, der spricht.

JULES: Ich habe blind gelebt. Nein, blind nicht. Aber mit einer großen Mauer vor den Augen. Vielleicht, weil ich immer in der Stadt gelebt habe und man an den Anblick von Stockwerk über Stockwerk gewöhnt ist: Verrußte, schmutzige Steine. Und Portiers und Straßenbahnen und Bankkassierer. Und am Ende glaubt man, daß es nichts gibt als Stockwerke und Straßenbahnen und Kassenzettel und Buchstaben und Rechnungen. Und am Ende verachtet man alles, was nicht aus Stein ist oder was man anfaßt oder anfassen kann. Als ich hier ankam, habe ich euch alle mehr oder weniger für Gauner gehalten. Alles, was nicht mein Leben war, war für mich falsch; alles Heuchler, alles Beutelschneider, die nichts mit mir und meinem Leben zu tun hatten. Nach und nach habe ich gesehen, daß das nicht so ist. Ich habe gelernt, daß es eine Stimme in der Welt gibt, die dagegen kämpft, daß man mir wegnimmt, was ich hatte.

EINE STIMME: Was hattest du?

JULES: Weiß nicht, die Stromrechnung, den Fußabstreifer an der Treppe, die Abendzeitung; meinen Laden ..., meine Frau. Und ich habe gesehen, daß nicht etwa die Polizei mich verteidigt hat, sondern andere Verfolgte. Früher war Freiheit für mich ein Wort wie viele andere. Erst jetzt habe ich erfahren, was die Freiheit ist, und das habe ich dort gelernt, wo es keine gibt. Ich weiß nicht, wie ich mich verständlich machen soll.

Neben ihm Leslau.

LESLAU: Doch, du machst dich sehr gut verständlich.

JULES: Aber ich will nicht die Revolution. Im Gegenteil, ich will, daß die Dinge wieder sind, wie sie waren.

LESLAU: Du bist nicht der einzige. Dem steht allerdings entgegen, daß im Leben nichts gleich bleibt.

Eine lange Pause entsteht. Die Wände.

JULES: Werden sie uns schlagen?
LESLAU: Glaube ich nicht.
JULES: Warum?
LESLAU: Die sind noch Anfänger.

Der polnische Graf liegt zusammengekauert auf dem Boden.

POLNISCHER GRAF: Sie lernen schnell.

Jules zu einem anderen, der sich kratzt.

JULES: Und Sie, warum sind Sie hier?
HEINZ: Man sieht, daß du neu bist. Das fragt man nicht. Im Gefängnis, im Lager, da ist man. Es zählt das hier und jetzt, nicht, was man einmal war.
POLNISCHER GRAF: Ich war jemand, und hier bin ich auf einmal nichts, ein Niemand.
JULES: Es ist merkwürdig, ausgerechnet jetzt, seit ich niemand bin, beginne ich, mich als jemand zu fühlen. Ich kann nicht gut sprechen. Ich habe mir mein Leben ehrlich verdient. Im Spiegel – beim Rasieren – habe ich mich mit einem gewissen Wohlgefallen angesehen: Jules Hoffman, selbständiger Geschäftsmann in Paris, verheiratet. Jetzt brauche ich keinen Spiegel.
HEINZ: Wenn du einen bräuchtest, wärst du auch arm dran.
JULES: Sie rasieren uns einmal die Woche, ob wir wollen oder nicht. *(Pause. Man hört die Schritte einer Patrouille.)* Früher ließ ich mich mitziehen, jetzt fühle ich mich als ein anderer. Ein wenig so, als wäre ich ein Ziegel in einem der Rinnsale, die in Paris an sämtlichen Bordsteinen entlanglaufen, und als würde sich um diesen Ziegel ein Strudel

bilden. Wenn meine Frau oder mein Bruder mich reden hören würden, wären sie stumm vor Staunen. *(Pause)* Es hätte auch ganz anders kommen können.

LESLAU: Wie?

JULES: Das weiß ich nicht: Ich hätte untergehen können.

HEINZ: Ich bin hier im Gefängnis, weil ich versucht habe, eine Handvoll Feuerholz zu besorgen.

LESLAU: Du bist hier, um morgen Hauptmann Verdier zu erzählen, was wir reden. Aber keine Sorge, wir kennen dich bereits.

HEINZ: Du lügst. Ich habe in Spanien gekämpft.

LESLAU: Aber du bist müde geworden. Zumindest hier.

(Stille. In der Ferne fährt der Zug vorüber.)

JULES: Möglicherweise haben Sie in Spanien meinen Bruder kennengelernt.

HEINZ: In welcher Brigade?

JULES: Das habe ich nie erfahren.

HEINZ: Name?

JULES: Hoffman, Jean.

HEINZ: Jean Hoffman? Der ist hier, in B.

In Block C. Tag

Der Zaun, der die Grenze zu Block B bildet. Aufgehängte Decken. Einige waschen, andere lausen sich. Caamaño, Barbena, Cañizares und Jules gehen umher.

BARBENA: *(Zu Jules)* Jetzt kommt gleich dein Bruder. Nimm dich in acht, denn du weißt, es ist verboten, von Block zu Block zu sprechen.

JULES: Er ist doch mein Bruder!

BARBENA: Brüder nützen dir hier gar nichts. Wenn sie dich erwischen, scheren sie dich kahl.

JEANS STIMME: *(Von Block B aus)* Jules!

Jean und Jules; der Stacheldraht, der sie von einander trennt.

JULES: Jean! Wie geht es dir?

JEAN: Keine scheinheiligen Fragen.

JULES: Wieso?

JEAN: Jedesmal, wenn wir uns gesehen haben, mußtest du gleich mal eine Rede halten.

JULES: Ich habe mich ein wenig verändert. Nicht sehr, keine Sorge.

JEAN: Wie geht es Marie?

JULES: Ich weiß nichts von ihr, seit sie uns aus Paris evakuiert haben.

JEAN: Du fragst mich nicht, was ich in Spanien zu suchen hatte?

JULES: Die letzte Zeit hat mich ein paar Dinge gelehrt. Ich danke dir für das, was du für mich getan hast.

JEAN: Vergiß es. Es ist schiefgegangen.

JULES: Ich wäre dazu nicht fähig gewesen. Bis gestern wußte ich nicht, daß du hier bist.

Ein Häftling tritt zu Jean.

HÄFTLING: *(Leise)* Sie kommen!

JEAN: *(Wendet sich zum Gehen, zu Jules)* Lauf!

Eine Wache pflanzt sich hinter Jules auf.

JULES: Was?

WACHE: Was? So, vor meiner Nase? Zum Friseur!

JULES: Warum?

WACHE: Weißt du nicht, daß es verboten ist, mit denen aus B zu reden?

JULES: Es war doch mein Bruder ...

WACHE: Aha! Du streitest also noch nicht einmal ab, daß du geredet hast? Los, los.

Der Friseur

Abgeteilte Nische in einer Baracke, mit Schemeln. Herein kommen die Wache und Jules.

WACHE: *(Zu dem Friseur)* Scher mir den; aber daß es blutet.

Der Friseur macht Jules ein Zeichen, auf einem der Schemel Platz zu nehmen, und fängt an, ihn kahl zu scheren. Der Wachmann dreht sich eine Zigarette. Spuckt aus und geht.

Das Innere einer Baracke, in eine katholische Kapelle umgewandelt

Ein Priester hebt den Kelch. Die meisten der Häftlinge, die die Messe hören, sind kahl geschoren. Ihre Köpfe.

In Block C. Tag

Oberleutnant Combs geht umher. Mit seiner Reitpeitsche fegt er von sieben Schachbrettern auf den Knien von spielenden Häftlingspaaren die Figuren weg. Caamaño bückt sich, um seine Figuren aufzusammeln. Er blickt durch den Stacheldraht über das Land. Die Straße. Dort Marie, die versucht, etwas zu erkennen.

Land. Tag

Marie nähert sich dem Stacheldrahtzaun. Ein Soldat droht ihr mit seinem Karabiner, damit sie sich zurückzieht.

Das Innere der Baracke der Lagerleitung

Marie und der Hauptmann.

MARIE: Hoffman ... Jules.

Der Hauptmann geht einige Listen durch.

HAUPTMANN: Da sind zwei: Jean und Jules.
MARIE: Mein Ehemann und mein Schwager. Jetzt kann keiner mehr sagen ...

In Block C. Tag

Jules vor der Tür, versucht, mit dem Wachmann zu sprechen.

JULES: Meine Frau ist bei der Lagerleitung

Der Soldat stellt sich taub.

JULES: *(Dorthin zeigend, verzweifelt)* Dort ist sie ...

Das Innere der Lagerleitung

Marie und der Hauptmann.

HAUPTMANN: Sie können ihn nicht sehen. Besuche sind strikt verboten.

MARIE: Er ist unschuldig. Vollkommen unschuldig.

HAUPTMANN: Daran zweifle ich nicht. Aber sagen Sie, was soll ich tun? Ich bin überzeugt, daß das bei vielen der Fall ist, vielleicht bei den meisten. Aber Befehl ist Befehl. Meinetwegen können Sie ihm ein Päckchen mit Essen schicken, Kleidung.

MARIE: Aber ich will ihn sehen, mit ihm sprechen.

HAUPTMANN: Sie können ihm schreiben.

MARIE: Was soll ich tun?

HAUPTMANN: Das müssen Sie wissen.

Die Kneipe

Marie und die Wirtin.

MARIE: Ich kann spülen, fegen ...

WIRTIN: Das haben schon Dutzende gewollt. Wir brauchen niemanden. Wir können uns keine Extras leisten.

MARIE: Aber ich ...

WIRTIN: Es ist nutzlos.

In Block C. Baracke der Aufsicht

Auflauf von Häftlingen. Sigl, Chef der Internationalen in Block C, zeigt dem Unteroffizier eine total verfaulte Kartoffel. Die Kartoffel.

SIGL: Und von heute an werden wir das Brot wiegen.

CAAMAÑO: Ist schon geschehen: Pro Baracke zehn Kilo zu wenig.

VILLANUEVA: Wovon sollen die armen Schweine denn leben, wenn sie uns die uns zustehende Ration geben würden?

Oberleutnant Combs nähert sich.

COMBS: Was ist das für ein Krawall?

SIGL: Die Kartoffeln sind faul.

COMBS: Das sagst du.

Sigl nimmt eine Kartoffel, zerteilt sie, zeigt sie ihm.

SIGL: Ist sie faul?

COMBS: Das hängt vom Standpunkt ab, von dem aus man sie betrachtet. Du bist auch faul, und man sieht es dir nicht an.

SIGL: Man mag es ihr nicht ansehen, aber sie ist es.

CAAMAÑO: Das Rote Kreuz hat viertausend Büchsen Milch geschickt, aber es sind nur achthundert an uns verteilt worden.

COMBS: Wer führt hier die Bücher? Ihr oder die Aufsicht?

Der Oberleutnant dreht sich um, geht weg.

VILLANUEVA: *(Mit lauter Stimme)* Aus Mexiko haben sie Kleidung geschickt. Wer hat sie gesehen?

Das Innere von Baracke 34. Nacht

WEISSMAN: *(Liest ein Papier vor)* Kübeldienst diese Woche: Caamaño, Mantecón, Scarsi, Rodríguez, Karpaty, Leslau.

Von hinten in der Baracke:

MANTECÓN: Immer dieselben.

WEISSMAN: Nahrungsmittelbeschaffung: Villanueva und Hoffman.

MANTECÓN: Das ist neu. Sie wollen sie für sich gewinnen. Holen sie aus der Scheiße, um sie in die Küche zu bringen.

Vor einem Bauernhof. Tag

Ein typischer französischer Bauernhof, mit den drei dazugehörigen Gebäuden: Wohnhaus, Scheune und Pferdestall, mit Schiefer gedeckt. Im Hof spricht Marie mit der Bäuerin.

BÄUERIN: Platz gibt es keinen, Arbeit ja. Aber ich bezweifle, daß Sie das schaffen.

MARIE: Ich werde es schaffen.

BÄUERIN: Aber wenn Sie keine Papiere haben, müssen wir erst sehen, was die Gendarmerie sagt.

MARIE: Das regle ich schon mit denen. Wir sind Tausende, die alles verloren haben.

BÄUERIN: Was ein Elend! Was für Zeiten! Wie heißen Sie?

MARIE: Julie.

BÄUERIN: Julie, und weiter?

MARIE: Julie ... Granval.

In Block C. Die Aufsicht. Tag

Jules und Villanueva mit einigen Tragekörben neben der Waage, wo ein Oberleutnant kontrolliert. Einige Wachen wiegen riesige weiße Rüben.

EINE STIMME: In meinem Land haben das noch nicht einmal die Kühe gefressen.

Die Rüben auf der Waage.

JULES: *(Das Gewicht ablesend)* Wir sind 156 in Baracke 34.

WACHE: Glaubst du, ich weiß das nicht?

JULES: Uns stehen zwanzig Kilo mehr zu.

OBERLEUTNANT: *(Tritt vor)* Was sagt er?

JULES: *(Schwitzt, wundert sich selbst über seinen Wagemut)* Daß zwanzig Kilo fehlen.

OBERLEUTNANT: Wie heißt du?

JULES: Jules Hoffman.

Der Oberleutnant nimmt zwei Rüben von dem Haufen herunter und wirft sie ihm hin.

OBERLEUTNANT: Hier, nehmen Sie!

JULES: *(Mechanisch auf seinen Gedanken versteift)* Es fehlen zwanzig Kilo.

OBERLEUTNANT: *(Schreit)* Seid ihr taub geworden?

Villanueva packt den Tragekorb voll.

In Block C. Der Gang. Abend

Villanueva geht mit Caamaño und Barbena umher.

VILLANUEVA: Jungs, ich habe Bauklötze gestaunt. Unglaublich, wie diese tote Fliege von Hoffman dem Oberleutnant von der Lagerleitung Paroli geboten hat! Und er hat nicht nachgegeben. Ich glaube, wenn es nach ihm geht, lassen wir die Rüben dort.

Sie gehen an Mauri vorbei, der an der Tür von Baracke 34 ein Paket öffnet und den Inhalt verteilt.

MAURI: *(Zu Villanueva)* Willst du Sardinen? Das einzige, was es noch gibt.

VILLANUEVA: Und du?
MAURI: Ich will nichts von einer Nutte.

Lagerleitung. Nacht

Der Hauptmann hinter seinem Tisch. Jules, strammstehend, ihm gegenüber.

HAUPTMANN: Siehst du, wie gut die Polizei organisiert ist? Warst du nicht der, der aufgrund eines Irrtums hier ist? So hilfst du uns? Jetzt kommst du für acht Tage in den Bunker, und dann wollen wir sehen, ob du deine Gedanken gut gegeneinander aufwiegst. Dann kannst du mir sagen, ob es dir gefällt.

Lagereingang. Nacht

Oberleutnant Combs, beschwipst, tritt herein und geht Richtung Bunker, die Reitpeitsche in der Hand. Zwei Soldaten präsentieren das Gewehr. Nachdem er vorbeigegangen ist:

ERSTER SOLDAT: Jetzt geht er sich amüsieren.
ZWEITER SOLDAT: Wenn das nicht auf das Konto seiner Frau geht, die setzt ihm Hörner auf. Daher hat er die Ausdauer …

Eine Wand. Nacht

COMBS: *(Drischt auf einen Häftling ein, der stürzt)* Also du ... Lern schon, lern!

Combs tritt ihn. Ein Soldat bringt Jules. Combs blickt ihn an, läßt von seiner Beute ab.

COMBS: *(Zu Jules)* Du bist also Revolutionär geworden?
JULES: Ich bin kein Revolutionär, aber ich sehe ...

Combs fährt Jules mit der Reitpeitsche durchs Gesicht.

COMBS: Also lern ...

In Block C. Die Aufsicht

Villanueva und Scarsi nehmen die Lieferung entgegen. Kohlrüben und Zuckerrüben.

VILLANUEVA: Dreißig Kilo zu wenig, und außerdem sind sie faul.
AUFSICHT: Nun, wenn ihr sie nicht wollt, raus hier! Los, die nächsten. Los. Baracke 49!
SIGL: *(Zu der Aufsicht)* Solange Sie nicht das richtige Gewicht anliefern, wird niemand die Lieferung annehmen.

In Block C. Tag

Die vom Versorgungsdienst durchqueren das Lager zu den Küchen, mit leeren Kisten und Tragekörben. Die Häftlinge kommen aus den Baracken, strömen am Stacheldrahtzaun zusammen und setzen schreiend zum Chor an:

HÄFTLINGE: Wir haben Hunger! Wir haben Hunger! Wir haben Hunger! Wir haben Hunger! Wir haben Hunger! Wir haben Hunger! Wir haben Hunger! Wir haben Hunger! Wir haben Hunger!

Plötzlich mündet das Schreien in einen Rhythmus, der zu hören ist bis ins Büro des Oberst, Chef des Lagers.

Büro des Oberst, Chef des Lagers

Der Oberst, untersetzt, spricht am Telefon mit dem Präfekten. Aus der Ferne hört man den Sprechchor der Häftlinge.

OBERST: *(Ins Telefon)* Ja, Herr Präfekt, achthundert der Gardes Mobiles dürften genug sein. Die werde ich durch die Arena jagen … Aber nicht auf die spanische Art … auf die französische … Keine Sorge. Ah, und sagen Sie mir, Herr Präfekt, stimmt es, daß die Regierung ein Gesetz verabschiedet hat, mit einem Statut gegen Juden? … Aha! Und daß es seit kurzem auch für Algier gilt? … Nein, nein Herr Präfekt, ich bin Korse.

Der Bauernhof. Tag

Bewacht von zwei Soldaten laden vier Häftlinge Kartoffeln auf einen Karren, unter ihnen Mauri – dünn, mit Mantel und kaputter Brille. Einer der Soldaten spricht mit der Bäuerin. Marie hört zu.

SOLDAT: Nun, sie haben sich durchgesetzt, zumindest erstmal. Sogar der Präfekt kam, hat ihnen eine Ansprache gehalten, versprochen, daß es keine Repressalien geben würde und man ihre Kartoffelrationen erhöhen würde.

Marie hat sich unauffällig in Richtung der Häftlinge bewegt, die den Karren beladen.

MARIE: Kennt wer Jules Hoffman?

Mauri sieht sie an.

Gefängnis. Früh am Morgen

Jules sieht zu, wie Stückchen für Stücken eine Wurst durch das Gitterfenster geschoben wird. Sie fällt vor seine Füße. Jules Augen, tränennaß.

JULES: *(Zu Leslau)* Glauben Sie nicht, daß ich aus Hunger weine.

LESLAU: Ich weiß schon. Wissen Sie, wie man das nennt?

JULES: Ja. *(Pause)* Und darum fühle ich mich jetzt so ruhig. Nach und nach habe ich begriffen, wie … wie … wie soll ich sagen? Wie es in mir weiter geworden ist. *(Ißt, nachdem er die Hälfte der Wurst seinem Kameraden gegeben hat)*

Pah, sagte ich mir, an das Häftlingsleben gewöhnt man sich. Nein, das war es nicht. Ich habe einfach nach und nach die Angst verloren, weil ich spürte, daß ich nicht allein bin, daß wir viele sind.

LESLAU: Vielleicht kommt der Tag, an dem die Welt eine Welt ohne Angst ist.

JULES: *(Mit vollem Mund)* Wenn nur nicht der Hunger wäre …

Das Innere von Baracke 34. Nacht

Es sitzen und liegen acht Sträflinge, unter ihnen der polnische Graf und Villanueva.

VILLANUEVA: Die französische Küche mag alles sein, was ihr wollt, aber mir kann keiner was erzählen. Kartoffeleintopf, wie meine Mutter ihn machte …

POLNISCHER GRAF: Weißt du das Rezept?

VILLANUEVA: Auswendig. Also: Du nimmst ein bißchen Zwiebel, schneidest sie einigermaßen klein, genauso die Tomate. Dann brätst du eine Scheibe Brot und eine Knoblauchzehe an. Nimmst sie heraus. Du brätst die Zwiebel und die Tomate mit Salz und Paprika an, und mit den Kartoffeln natürlich. Dann gießt du Brühe oder Wasser dazu und läßt das Ganze kochen. Wenn die Kartoffeln fast gar sind, zerdrückst du den Knoblauch und das Brot zusammen mit ein paar Kartoffeln und gibst das alles in einen Topf, um die Brühe anzudicken. Da läuft dir aber das Wasser im Mund zusammen.

POLNISCHER GRAF: Das können wir hier machen.

VILLANUEVA: Ja klar! Aber das Feuer …

In Block C. Tag

In einer Kuhle ein brodelnder Topf. Villanueva macht seine Kartoffeln in Sud. Sein Gesicht, als er daran riecht. Ein Fußtritt gegen den Topf. Oberleutnant Combs.

COMBS: Weißt du nicht, daß Kochen im Lager verboten ist? Außerdem, wo habt ihr das Holz her? Generaldurchsuchung in einer Viertelstunde in allen Baracken! Und du *(zu Villanueva)* darfst für acht Tage probieren, wie dir das Essen im Bunker schmeckt!

Das Gefängnis. Tag

Villanueva kommt herein.

VILLANUEVA: Hallo.
JULES UND LESLAU: Sieh mal einer an.

Lachen darüber, daß sie gleichzeitig dasselbe gesagt haben.

JULES: Was erzählt man sich da draußen?
VILLANUEVA: Daß sie fünfhundert nach Afrika schicken werden, zur Arbeit an der Saharabahn. Und der Brief hier ist für dich. *(Zu Jules)* Mauri hat ihn mitgebracht.
JULES: Von meiner Frau!
POLNISCHER GRAF: *(Der hinter Villanueva hereingekommen ist)* Wir verlangen nicht von Ihnen, daß Sie ihn laut vorlesen.

Büro des Oberst. Nacht

Der Oberst und der Hauptmann.

OBERST: Stellen Sie eine Liste mit den fünfhundert größten Querulanten zusammen. Es ist streng vertraulich, aber ich vertraue es Ihnen an: Sie sollen nach Afrika verlegt werden, an die Transsahariana ... Der General kommt zur Inspektion *(grinst boshaft)*, unangemeldet, morgen früh. Vorsicht!

DER HAUPTMANN: Seien Sie unbesorgt.

OBERST: Und die Liste!

HAUPTMANN: Seien Sie unbesorgt, Herr Oberst.

In Block C. Tag

Fahles Morgenlicht. Die Sträflinge sind aus dem Bunker geholt worden; man bringt sie zurück in ihr Quartier. Die anderen sind dabei, sich zu waschen oder zu lausen. Ein teilweise abstoßendes Bild: große, kleine, alle vom Hunger abgezehrt, Einarmige, Einäugige, sich waschend, gurgelnd. Der Stadtstreicher tritt zu Jules, glücklich zeigt er ihm eine Tube Zahnpasta.

STADTSTREICHER: Schauen Sie, was ich in der Lotterie gewonnen habe! Ich werde sie als Erinnerung aufbewahren.

Er lacht, zeigt seine drei letzten, grünschwarzen Zähne. Als die Sträflinge bei Baracke 34 ankommen, werden sie von vielen umringt und begrüßt.

VILLANUEVA: Macht halblang, Jungs: am Abend nach dem Besuch müssen wir zurück.

Trillerpfeifen ertönen. Sie laufen und stellen sich auf wie zum Appell. Vor der Baracke:

WEISSMAN: Gründlich saubermachen. Visite kommt. Befehl von oben lautet: Decken aufhängen. Matratzen falten, wer eine hat. Drinnen darf nichts herumliegen. Verstanden? Rührt euch!

Vor Baracke 34. Tag

Alles putzt voller Eifer. Der Hauptmann kommt rennend herbei.

HAUPTMANN: *(Brüllend)* Welcher Depp hat angeordnet, die Matratzen zu falten?

WEISSMAN: Ich, Herr Hauptmann.

Das Innere der Lagerleitung. Tag

OBERST: Stehen in der ersten Reihe auch vertrauenswürdige Häftlinge, für den Fall, daß der General auf die Idee kommt, ein paar Fragen zu stellen?

HAUPTMANN: Das weiß ich nicht.

ERSTER OBERLEUTNANT: Erteilen Sie sofort den Befehl.

OBERST: Um Zeit zu gewinnen, führen wir ihn am besten erst ins Lazarett.

Lazarettsaal

Zwölf Betten, alle belegt. Der General, seine Adjutanten, der Oberst, der Hauptmann, mehrere Oberleutnants. Der General bleibt vor dem ersten Bett stehen.

GENERAL: Sind Sie zufrieden? Werden Sie gut behandelt? Reicht das Essen?

Der Kranke schweigt. Der aus dem Bett daneben antwortet.

KRANKER: Ja, ja, sehr gut.

Der Oberst dreht sich strahlend zu dem General um. Vor dem dritten Bett:

GENERAL: Sind Sie zufrieden? Werden Sie gut behandelt? Reicht das Essen?

ZWEITER KRANKER: Ja, ja.

Im Bett nebendran der Weißgardist, den wir aus dem Stadion kennen.

DER WEISSGARDIST: Glauben Sie ihnen nicht, Herr General, glauben Sie ihnen nicht. Alle antworten Ja aus Angst. Sie alle sterben vor Angst, denn wenn sie nicht mit Ja antworten, stecken sie sie ins Gefängnis, und dort prügeln sie sie mit Stöcken zu Brei. Es gibt nichts zu Essen. Die Leute sterben vor Hunger. Nur wer Geld hat, kann essen, nur für Geld.

Der Oberst nimmt den General beiseite.

OBERST: Achten Sie nicht auf ihn. Er ist Russe, außerdem ist er verrückt: hat versucht sich umzubringen. *(Dreht sich zum Hauptmann)* Stimmt doch?

Der Hauptmann nickt. Der General brummt und geht weiter. Als die Militärs hinausgehen, umringen die Kranken das Bett des Russen.

KRANKE: Wie kann man nur so primitiv sein! So töricht! Wie konntest du es wagen? Das wird überhaupt nichts nutzen. Ein Irrwitz. Und das mit deinem Bauch, der noch immer offen ist! Sie werden dich ins Quartier zurückschicken, wenn sie dich nicht gleich ins Gefängnis stecken.

DER WEISSGARDIST: Aber nein, aber nein. Sie sind Feiglinge. Im Gegenteil, ihr werdet schon sehen, sie werden das Essen verbessern.

Der Feldwebel kommt herein.

FELDWEBEL: Irwinsky. Pack deine Sachen. Du wirst evakuiert.

DER WEISSGARDIST: Wohin?

FELDWEBEL: Ins Krankenhaus nach Toulouse.

DER WEISSGARDIST: *(Zu den Kranken)* Da habt ihr es, man muß nur das Maul aufmachen. Man muß nur die Wahrheit sagen. Sie kuschen sofort. Ihr kapiert das nicht.

Außerhalb der Baracke der Krankenstation. Tag

Leslau, Scarsi, Villanueva und Jules gehen vorbei mit Körben voller Brennholz.

SCARSI: Erinnert ihr euch noch, was ein Steak mit Kartoffeln ist, ein richtiges Steak, handtellergroß, dick und rot, aus dem der Saft quillt?

LESLAU: Und die knusprigen, goldbraunen Kartoffeln. Viele, viele Kartoffeln, so ein Berg …

VILLANUEVA: Wenn ihr nicht den Schnabel haltet, bring ich euch um.

Ein Automobil fährt vor der Tür zur Krankenstation vor. Der Weißgardist kommt mit einem Koffer in der Hand heraus, hinter ihm der Feldwebel.

FELDWEBEL: In den Wagen!

Der Weißgardist steigt in den Wagen. In diesem Augenblick zwängen sich zwei Krankenpfleger durch die Wagentüren und versuchen, ihm eine Zwangsjacke anzulegen. Heftiges Gerangel im Innern des Autos. Der Weißgardist verteidigt sich aus Leibeskräften. Der Fahrer hilft, und es gelingt ihnen, ihn zu bezwingen. Von der Barackentür aus beobachtet ein alter französischer Arzt die Szene. Ein Kranker tritt zu ihm.

KRANKER: Wohin bringen sie ihn?

ARZT: Ins Irrenhaus nach Pamiers.

Das Gesicht des Arztes. Tränen treten ihm in die Augen.

KRANKER: Bis wann?

ARZT: Aus London heißt es, daß wir nur eine Schlacht verloren haben, nicht den Krieg.

Leslau und seine Kameraden gehen weiter. In entgegengesetzter Richtung kommen Barbena und Mauri mit Schrubbern, begleitet von einer Wache. Im Vorbeigehen spricht Barbena sie an.

BARBENA: Sie machen eine Liste mit allen, die nach Afrika geschickt werden sollen.

JULES: *(Zu Villanueva)* Wer macht sie?

Beide Gruppen gehen weiter in entgegengesetzter Richtung ihres Weges.

VILLANUEVA: *(Zu Jules)* Der Quartierchef mit Hilfe der Spitzel und – natürlich! – mit Hilfe der Barackenchefs. Du kannst schon mal die Koffer packen, wir gehen zusammen.

Im Hof bei dem Bauern. Tag

Jean und Casteras beladen den Karren mit Kartoffelsäcken. Zwei andere Häftlinge helfen ihnen; die Bäuerin hat eine Flasche Wein geholt, aus der sie den Wachen ein paar Gläser ausschenkt. Marie tritt zu Jean. Sie sprechen möglichst unauffällig, damit niemand es merkt.

MARIE: *(Mit leiser Stimme)* Bist du nicht auf der Liste?

JEAN: Nein.

MARIE: Du wirst zulassen, daß Jules ...?

JEAN: Ich kann nichts machen. Wenn, dann du, denn du bist frei. Und auch wenn er gehen muß, mach dir keine Sorgen, er wird nicht allein sein. Er hat sich sehr verändert.
MARIE: Und ich?
JEAN: Ich nehme an, du bist noch immer dieselbe.

Eine der Wachen bemerkt die Unterhaltung.

WACHE: *(Zu Marie)* He, Kleine! Seien Sie so freundlich und entfernen Sie sich. Es ist verboten ...

Marie geht weg.

JEAN: Laß den Kopf nicht hängen.

Casteras tritt zu den Wachen.

CASTERAS: Vielleicht können wir auf dem Weg noch etwas Brennholz für die Küche im C aufladen. Denn die Kartoffeln allein ...

Zeigt auf den halbleeren Karren.

Der Brennholzschuppen

Casteras und Marie beim Hineingehen.

CASTERAS: Geben Sie mir ihren Brief, so kommt er schneller an. Sein Bruder ist in B, ich in C.

Marie, unentschlossen. Jean kommt herein. Marie sieht ihn mit fragenden Augen an, das Papier in der Hand.

JEAN: Gibt ihn ihm.
MARIE: Er wird sich nicht trauen.
JEAN: Wer? Der hier?
MARIE: Jules.
JEAN: Du wirst ihn nicht wiedererkennen.
MARIE: Im Schlaf …
JEAN: Er ist ein anderer Mensch.
MARIE: Haben sie ihn geschlagen?
JEAN: Morgen ist wieder ein anderer Tag.
MARIE: Was willst du damit sagen?
JEAN: Das wirst du schon sehen.
MARIE: Einmal ist er entkommen. Und er hat sich gestellt.
JEAN: Diesmal nicht.
MARIE: Bist du dir sicher?
JEAN: Ja.

Eine Wache guckt zur Tür herein. Jean hilft Casteras beim Aufladen des Holzes.

WACHE: *(Zu Marie)* Wenn es darum geht, daß du einen Mann suchst …

Die Kneipe. Nacht

An einem Tisch der Feldwebel und Marie.

FELDWEBEL: Glaub nicht, ich hätte nicht bemerkt, daß du mich anschaust.
MARIE: Stimmt es, daß Sie immer den Kübeldienst einteilen?
FELDWEBEL: Stört es dich, daß ich mich um etwas so Schmutziges kümmere? Wir sind alle Menschen …
MARIE: Bewachst du die Gefangenen, die sie wegtragen?

FELDWEBEL: Ich mache das eine, also mache ich auch das andere.

MARIE: Und wenn du dich blind stellen würdest, oder zumindest auf einem Auge blind, könnte ein Gefangener durch den Fluß schwimmen und übers andere Ufer entkommen?

FELDWEBEL: Das möchte ich lieber überhört haben.

MARIE: Mein Mann hat sich nie auf irgend etwas eingelassen. Er wurde aufgrund eines Irrtums festgenommen. Er will keine Scherereien, er will mit nichts etwas zu tun haben. Es geht mir nicht in den Kopf, warum er nach Afrika geschickt werden soll. Das ist Irrsinn. Sie verwechseln ihn mit seinem Bruder.

FELDWEBEL: Du willst also, daß ich ihn entkommen lasse?

MARIE: Ja.

FELDWEBEL: Nur weil du schöne Augen hast?

MARIE: Ich habe fünftausend Francs ...

FELDWEBEL: Behalt sie. Und ich zeige dich nicht an, weil ich es normal finde, daß du für deinen Mann tust, was du kannst.

MARIE: Wenn sie ihn nach Afrika schicken, wird er sterben.

FELDWEBEL: Woher weißt du das?

MARIE: Ich weiß es.

FELDWEBEL: Viele leben dort.

MARIE: Er würde es nicht können.

FELDWEBEL: Und warum?

MARIE: Ich weiß es.

FELDWEBEL: Und du bist zu allem bereit?

Hof bei dem Bauern. Tag

Marie und die Bäuerin karren Stroh heran, sie heben es mit Gabeln bis auf den Dachboden.

MARIE: In einer Scheißwelt muß alles Scheiße sein.
BÄUERIN: Da haben Sie recht.

Einige Ratten huschen fiepend in ihre Löcher.

Eine dunkle Kammer

Auf dem unberührten Bett bedrängt der Feldwebel Marie, die halb nackt ist.

FELDWEBEL: Küß mich! Wann hast du schon einen Mann wie mich gehabt? Beweg dich, Weibsstück! Spiel nicht die tote Fliege. Ich kenne dich. Und glaub bloß nicht, daß das schon alles war. Ich werde dir Sachen beibringen, von denen du noch nicht einmal geträumt hast … Los!

Marie beißt sich auf die Lippen. Sie wehrt sich. Der Feldwebel packt sie.

FELDWEBEL: Mach dich auf! Laß dich gehen, Teufelsweib! Wann hattest du es je besser? Immer fangt ihr so an, und am Ende streckt ihr die Waffen. Glaubst du, ich weiß nicht, was ich wert bin? Einen wie mich mußt du erst einmal finden …

Der Bulle bewegt sich, ruckelt, stößt, wogt, brodelt, wälzt sich, läßt sich gehen, kommt. Marie, verkrampft, gegen den Strom, wehrt sich, gibt sich gegen ihren Willen hin.

In Block C. Tag

Diejenigen, die Kübeldienst haben, zerren die mächtigen Bottiche voller Exkremente aus den Abortverschlägen. Der Feldwebel und zwei Wachen passen auf.
Der Zug setzt sich in Bewegung. Vierundzwanzig Männer, die zwölf Behälter mit je zwei Griffen tragen. Sie gehen aus Block C hinaus.

Die ländliche Umgebung. Tag

Der Zug. Alle hundert Meter befiehlt der Feldwebel:

FELDWEBEL: Halt!

Die Männer wechseln die Seite, um den Kübel mit der anderen Hand zu tragen. Wunderschöne Herbstlandschaft.
Der Troß steuert hinunter zum Fluß, der langsam dahinfließt, begrenzt von zwei ziemlich steilen, schlammigen Ufern. Ein ausladender Baum, der sich über das Ufer neigt und so eine leichte Ausbuchtung verdeckt.
Oben auf der Uferböschung hält der Zug an, und die Männer schütten ihren Sud in einige riesige schwarze Brunnen. Dann steigen sie die Böschung hinab, um

die Behälter im Fluß zu waschen. Jules' Partner ist Caamaño. Kaum sind sie am Ufer, steigt Jules ins Wasser, bückt sich, als würde er den Kübel auswaschen. Der Feldwebel spricht oben auf der Uferböschung mit den beiden Wachen, sieht sich aufmerksam um. Jules, verdeckt vom Baum, schwimmt los. Verwunderung bei seinen Kameraden. Mit vier Zügen hat er sich ein gutes Stück entfernt. Aufregung Caamaños, die anderen bleiben ruhig. Eine Wache wird aufmerksam.

WACHE: Der dort!

Hebt den Karabiner.

FELDWEBEL: Halt!

Die Wache schießt. Der Schuß schlägt einen Meter neben Jules ein, der weiter auf das gegenüberliegende Ufer zuschwimmt. Die Flußmitte hat er bereits erreicht. Die andere Wache hebt die Waffe.

FELDWEBEL: Warte!

Jules erreicht das gegenüberliegende Ufer, klettert an ihm hoch. Rutscht ab.

FELDWEBEL: *(Zu der zweiten Wache)* Jetzt.

Er schießt. Jules stürzt nach hinten.

Außerhalb und innerhalb des Konzentrationslagers

Der Stacheldrahtzaun, die Landschaft mit den Büschen, die Straße, die am Straßenrand stehenden Bäume. Hier und dort, bei den Wachhäuschen, Soldaten mit geschultertem Gewehr. Im Hintergrund die Pyrenäen. Davor eine Kirchturmspitze. Wolken. Herbsttrübnis. Wind.

Von weitem der Versorgungskarren mit einem Sarg beladen, die Landstraße entlangfahrend. Nähert sich im langsamen Trott des Kleppers. Hinter den Stacheldrahtzäunen in den drei Quartieren die Gefangenen, zu dritt oder zu sechst im Hintergrund beieinander stehend, gefaßt, ernst, reglos. Eine Totenglocke.

Die Landstraße; der Karren rumpelt über Rinnen und Schlaglöcher. Das scheuernde Geräusch des Sargs, der beim Fahren ein wenig von einer Seite zur anderen rutscht, trotz seiner Befestigung. Auf einem Ast Raben. Plötzliches Auftauchen Maries hinter dem Gefährt.

In Block B

In den Reihen zwei Häftlinge, die wir nicht kennen.

EIN HÄFTLING: Wer war er?
ANDERER: Einer …

Der Stacheldrahtzaun. Wind heult, ein Alter wühlt im Müll. Jeans Gesicht, zwischen den anderen, die strammstehen.

In Block C

Weissman tritt vor.

WEISSMAN: Rührt euch.
CAAMAÑO: Eine Schweigeminute für unseren Kameraden, der gestern ermordet wurde. Stillgestanden!

Weiter weg sieht man, daß vor den anderen Baracken dasselbe vor sich geht.

COMBS: Rührt euch!

Niemand bewegt sich. Der Oberleutnant weiß nicht, was tun. Klein beigebend nimmt auch er Haltung an. Die Gesichter der Häftlinge. Mauri neben dem Stadtstreicher. Lerchengesang am Himmel.

MAURI: *(Leise)* Was für ein Vogel ist das?
STADTSTREICHER: *(Ohne ihn anzusehen, verachtungsvoll)* Lerchen.
MAURI: *(Leise)* Ich habe sie nie gehört.
CAAMAÑO: *(Mit Befehlsstimme)* Ruhm und Ehre allen unseren gefallenen Kameraden! Rührt euch!

Die Häftlinge rühren sich.

In Block C. Nacht

Einsamkeit. Man hört die Marche Funèbre *von Chopin, gespielt auf einer Mundharmonika. Der Oberleutnant stürzt ins Quartier hinein, wutentbrannt und besoffen;*

durchkämmt Lager und Baracken auf der Suche nach dem Musiker.

In den Baracken stellen alle sich schlafend. Offensichtlich haben sie den Spieler gewarnt, der von einer Baracke in die nächste zieht. Die Marche Funèbre *klingt weiter.*

Oberleutnant Combs, der von Baracke zu Baracke rast, kochend vor Wut. Schließlich ist der Oberleutnant es leid und geht weg.

Der Bauernhof. Tag

Der Feldwebel mit vier Häftlingen, die Kartoffeln auf einen Karren laden. In der Haustür taucht Marie auf, mit einer Jagdflinte in den Händen. Sie zielt auf den Feldwebel. Schießt. Verfehlt.

In der Lagerkommandantur. Tag

Der Oberst und der Hauptmann.

HAUPTMANN: Ich halte es nicht für angebracht, die Angelegenheit weiter zu verfolgen. Ein Prozeß würde den Feldwebel nicht gut dastehen lassen. Und uns nebenbei auch nicht.

OBERST: Und überlegen Sie, sie frei zu lassen?

HAUPTMANN: Sie nennt sich die Witwe von Hoffman ... Wenn Sie sie ins Frauenlager schicken, handeln Sie im Dienst der Gerechtigkeit, Oberst.

OBERST: Und acht Tage Arrest beim Feldwebel, oder?

HAUPTMANN: Sie denken an alles, Oberst.

Die Landstraße außerhalb. Tag

Von einigen Lastwagen steigen zweihundert Gardes Mobiles, *bewaffnet; marschieren auf das Lager zu.*

Tor zu Block C. Tag

Leslau, der von draußen kommt, sagt zum Türsteher:

LESLAU: Sie kommen, um die Leute abzuholen, die nach Afrika sollen.

In Block C. Tag

SIGL: Sie kommen, um die Afrika-Leute abzuholen!

Pfiffe. Vor Baracke 34 Weissman, der in die Trillerpfeife bläst.

WEISSMAN: Antreten!

Im ganzen Lager die angetretenen Häftlinge. Oberleutnant Combs in der Mitte, spricht über Lautsprecher.

COMBS: Diejenigen, die jetzt aufgerufen werden, treten drei Schritt vor. Sie haben zehn Minuten Zeit, um ihre Sachen zu packen.

Combs übergibt jedem Barackenchef ein Blatt; diese stellen sich vor ihre jeweilige Baracke.

WEISSMAN: *(Liest seine Liste, vor der 34)* Villanueva, Barbena, Weissman; Weissman?

Ihm wird bewußt, daß er gerade sich selbst aufruft, seine Stimme bricht, er rennt zu Combs.

WEISSMAN: Hier steht Weissman. Das ist ein Irrtum. Weissman bin ich.

COMBS: Weiß ich schon.

WEISSMAN: Also?

COMBS: Was, also? Geh deinen Koffer packen. Für wen hältst du dich?

Combs geht weg. Weissman hinterher.

WEISSMAN: Ich war Ihnen doch immer zu Diensten, ich habe doch immer getan, was Sie wollten, ich habe immer getan, was Sie mir gesagt haben.

Combs geht weg. Weissman hinterher, fällt auf die Knie.

WEISSMAN: Ich war Ihnen doch immer zu Diensten, ich habe doch immer getan, was Sie wollten, ich habe immer getan, was Sie mir gesagt haben.

Combs kehrt um, spuckt ihm ins Gesicht.
Weissman, der sich die Spucke wegwischt.
Combs geht weiter, kommt bei den ersten Baracken an.
Bläst in die Pfeife.

COMBS: Fertig?

Nur vier oder fünf kommen heraus, unter ihnen Sigl.

COMBS: Und die übrigen?
SIGL: Ich habe den Eindruck, daß die meisten sich schlafen gelegt haben.
COMBS: Was?
SIGL: Daß sie sich schlafen gelegt haben.

Combs geht in die Baracke.

Das Innere der Baracke

COMBS: Auf! Stillgestanden!

Niemand bewegt sich.

COMBS: Stillgestanden! Auf!

Niemand bewegt sich. Wutanfall des Oberleutnant. Schlägt mit der Peitsche wild um sich. Bemerkt, daß er damit nichts erreicht. Rennt hinaus.

Außerhalb von Block C. Tag

Combs rennt weg, auf die Wachen zu, die wir haben ankommen sehen und die sich zwischen den Quartieren postiert haben.

Das Frauenlager. Tag

Einige Frauen, die in der Barackentür sitzen. Eine Alte rennt herbei.

ALTE FRAU: Sie bringen sie nach Afrika!

MARIE: Und das laßt ihr zu? Wollt ihr so feige sein? Wollen wir so feige sein?

Viele Frauen treten zu ihr.

MARIE: Ich glaubte wie alle Frauen, daß unsere Ruhe an erster Stelle steht: meine Wohnung, das tägliche Brot. Ich glaubte das und lenkte meinen Mann auf diesen Weg. Ich applaudierte ihm, wenn ich ihn sagen hörte: Wozu ist die Politik gut? Was soll's? Sollen sie uns regieren, wie sie wollen! Hauptsache, du liebst mich und ich liebe dich, Hauptsache, uns fehlt nichts für den Eintopf und wir können Samstags ins Kino gehen ... Und weil wir das glaubten, ist gekommen, was kommen mußte. Weil wir das glaubten, sind wir, wo wir sind, und er ist gestorben. Hätten alle geschrien: Das nicht! Das nicht! Alle für eine ... Ihr wäret nicht hier, Spanierinnen, sondern in eurem Land, würdet spanisches Brot essen und in der Nacht den spanischen Schweiß eurer Männer riechen ... Und ihr, ihr deutschen Frauen, hättet nicht das gewohnte Leben mit euren Ehemännern verloren, die in deutschen Lagern massakriert werden, und ihr, Polinnen, und ihr, Italienerinnen, und wir, Französinnen, wir wären nicht hier, sondern wir würden endlich kämpfen, wo auch immer. Jetzt verschleppen sie sie nach Afrika, um sie an Hitze und Plackerei krepieren zu lassen. Schluß! Schluß! Wir dürfen nicht mehr verlieren, als wir schon verloren haben! Und auch wenn wir so viel verloren haben, wenn schon! Das wenige, was wir noch haben, werden sie uns nicht entreißen. Wie? Ihr zweifelt? Habt ihr Angst? Seid ihr keine Frauen? Wenn sie die jetzt wegschaffen, werden sie morgen alle mitnehmen. Schluß, aus! Schluß, aus!

FRAUEN: *(Schreien)* Wüste, nein! Wüste, nein! Wüste, nein!

MARIE: Holt Matratzen und Decken! Zum Zaun!

Die Frauen gehen in die Baracken und kommen mit Matratzen und Decken heraus.

MARIE: Die einen dorthin!

Zeigt direkt auf den Stacheldrahtzaun.

MARIE: Die anderen mit mir, zum Tor!

Die Gruppe, die Marie folgt.
Am Tor niemand außer einer Wache. Sieht die Frauen kommen.

SOLDAT: *(Verängstigt)* Hauptmann! Hauptmann!

Stacheldrahtzaun
des Frauenlagers

Die Frauen werfen Matratzen und Decken über den Stacheldraht.

Tor des Frauenlagers

Hinter dem Schlagbaum hat der Hauptmann seine Männer aufgestellt.

HAUPTMANN: *(Zu den vorrückenden Frauen)* Wenn Sie weitergehen, schießen wir.
MARIE: Schieß, Feigling.

Marie geht weiter. Die Soldaten trauen sich nicht zu schießen. Die Frauen, wild entschlossen, stoßen den Schlagbaum beiseite und gehen durch. Zur gleichen Zeit erklimmt eine andere Gruppe Frauen den Stacheldraht.

Landstraße

Die Frauengruppen vereinigen sich und bewegen sich auf das Männerlager zu.

FRAUEN: *(Schreiend)* Wüste, nein! Wüste, nein! Wüste, nein!

In Block C. Tag

Man hört das Schreien der Frauen. Die Häftlinge laufen zusammen.

Land. Tag

Querfeldein stürmen die Frauen schreiend den Stacheldrahtzaun des Männerlagers. Die Wachen wissen nicht was tun. Auf der Straße rückt eine andere Gruppe Frauen, angeführt von Marie, zum Tor des Lagers vor.

Gesamtansicht des Stacheldrahtzauns

Alle Häftlinge am Stacheldrahtzaun, schreiend.

MÄNNER: Wüste, nein! Wüste, nein! Wüste, nein!

Einige Schüsse fallen, einige sinken verwundet zu Boden. Die Frauen sind bis auf zehn Meter an das Lagertor herangekommen. Der Hauptmann greift ein.

HAUPTMANN: Feuer!

Maschinengewehrsalve. Die aufgescheuchten Frauen. Die meisten weichen zurück. Andere gehen weiter.

SCHREIE: Mörder! Mörder! Mörder!

In der Lagerleitung. Tag

Der Oberst am Telefon.

OBERST: Und wenn die Welt untergeht, geben Sie mir auf der Stelle den Präfekten! Rufen Sie ihn, in Gottes Namen!

Die Präfektur.
Das Büro des Präfekten

Der Präfekt am Telefon.

PRÄFEKT: Was? Was? Die Frauen? Ja, ja, ja, brechen Sie die Verschickung nach Afrika ab! Ja, abbrechen! Dann holen Sie einen nach dem anderen, ohne große Worte, und ab ins Gefängnis, ab ins Gefängnis.

Hinter dem Präfekten ein Porträt von Feldmarschall Pétain.

In Block C. Tag

Die Frauen sind in das Lager eingedrungen. Einige Wachen kämpfen Mann gegen Mann. Der Feldwebel in Bedrängnis, zückt seine Pistole und schießt. Stimme des Kommandanten über Lautsprecher.

STIMME DES KOMMANDANTEN: Der Transport ist eingestellt. Der Transport ist eingestellt. Es wird keine Repressionen geben, wenn Sie, meine Herren, jetzt ruhig in ihre Baracken zurückkehren.

Erstaunte Gesichter der Häftlinge.

CAÑIZARES: Er hat uns als »Herren« angesprochen!

Männer und Frauen umringen die Verletzten. Stöhnen. Stimmen.

STIMMEN: Tragen! Tragen!

Die Wachen sind zusammengerückt und weichen Stück für Stück, rückwärts gehend.

STIMMEN: Tragen!

Villanueva auf einer Trage, geschultert von drei Häftlingen und einem der Gardes Mobiles. *Villanueva fängt an, mit rauher Stimme die* Marseillaise *zu singen. Die Trage durchquert das Lager. Abend. Alle – Männer, Frauen, in Reihen oder in Gruppen beisammen stehend –, stimmen nacheinander in den Gesang ein, Unversehrte wie Verletzte. Eine langsame, tragische* Marseillaise.
Die vier Köpfe derer, die die Trage und den Verletzten transportieren. Das Gesicht des Soldaten der Gardes Mobiles, *dem Tränen in die Augen treten. Die* Marseillaise.

Anhang

Anmerkungen

von Mercedes Figueras

Seite 5

Wirklichkeit* und *Der Großvater ... Kassandra – Drei Romane von Benito Pérez Galdós (siehe Anm. zu Seite 6), die jeweils zu Theaterstücken verarbeitet wurden. *Wirklichkeit* war sein erster Dialog-Roman und erschien 1889. Die Theaterfassung wurde drei Jahre später veröffentlicht. *Der Großvater* kam 1897 bzw. 1905 heraus. Beide Romane setzen sich mit der Erfassung der Wirklichkeit bzw. Wahrheit durch die Kunst auseinander. In *Kassandra* thematisiert Galdós die Frage einer Befreiung aus gesellschaftlichen Zwängen durch das Mittel der Gewalt.

Seite 6

Benito Pérez Galdós – (Mallorca 1843 – Madrid 1920), einer der bedeutendsten spanischen Schriftsteller des 19. Jahrhunderts sowie der Zeit der Jahrhundertwende. Sein Gesamtwerk umfaßt über 100 Titel, in der Mehrzahl Romane und Erzählungen. Darunter ein episches Monumentalwerk über die spanische Geschichte: *Episodios Nacionales* (46 Bde.). Galdós hinterließ 24 Theaterstücke, von denen ein Großteil Bearbeitungen bereits erschienener Romane waren. Galdós gehörte zu den Lieblingsautoren Max Aubs.

Seite 7

Überfahrt ... Veracruz – Aub bezieht sich hier auf seine Überfahrt von Casablanca (Marokko) nach Veracruz ins mexikanische Exil an Bord des portugiesischen Schiffes *Serpa Pinto*.

Morir por cerrar los ojos (Sterben, weil man die Augen verschließt) – Ein Theaterstück von Max Aub. Die Thematik und das Figurenensemble entsprechen dem Roman *Am Ende der Flucht* (im Original *Campo francés*); lediglich die männlichen Hauptfiguren sind ausschließlich als spanische Staatsbürger dargestellt; der Charakter von Julio/Jules wird stärker überzeichnet.

Zwei Jahre (1938 bis 1939) ... *L'Espoir* – Zwischen 1938 und 1939 arbeitete Max Aub gemeinsam mit André Malraux unter schwierigsten Umständen in Barcelona an dem Film *L'Espoir (Die Hoffnung)*. Der Film hat den gleichnamigen Roman von Malraux zur Grundlage; Max Aub hat das Drehbuch unter dem Titel *Sierra de Teruel* ins Spanische übersetzt.

vom *Filmset* ins Konzentrationslager – Als Katalonien Ende Januar 1939 in die Hände der Franquisten fiel, mußten die Dreharbeiten an *L'Espoir* abgebrochen werden. Max Aub flüchtete gemeinsam mit dem gesamten Filmteam nach Frankreich, wo er jedoch von April 1940 bis September 1942 interniert wurde. Zuletzt war Max Aub im Konzentrationslager von Djelfa (Algerien), wo die Internierten beim Bau der Transsahara-Bahn eingesetzt wurden.

Seite 8

Unamunismus – Eine Anspielung auf Miguel de Unamuno (Bilbao 1846 – Salamanca 1936), spanischer Essayist, Romancier, Lyriker, Dramatiker und Philosoph. In einigen seiner Werke, insbesondere in dem Roman *Niebla* (*Nebel*, 1914), führt der Autor mit seinen Figuren ein fiktives Gespräch darüber, ob sie, die Figuren, anstelle des Autors über den weiteren Verlauf der Romanhandlung entscheiden sollten.

Seite 9

Calderón ... »Illusion, die man sieht, Illusion, die man hört« – ungenaues Zitat aus Calderóns Bühnenstück *Der standhafte Prinz*. Pedro Calderón de la Barca (Madrid 1600 – 1681) war neben Lope de Vega der bedeutendste Dramatiker des spanischen Barock. Der Widerspruch zwischen dem im Prunk lebenden Hof und dem Zerfall des Reiches waren der Ausgangspunkt für die Theateridee Calderóns: Die Welt als Schein und die ganze Welt als ein von Gott inszeniertes Theater.

»Wir haben sie verloren, ... suchen«, prophezeite César Vallejo – César Vallejo (Santiago de Chuco, Perú, 1892 – Paris 1938), einer der wichtigsten Dichter spanischer Sprache im 20. Jahrhundert; formal steht er der Avantgarde nahe. Max Aub bezieht sich hier auf die letzten Verse des Gedichts *España, aparta de mí este cáliz (Spanien, laß diesen Kelch an mir vorübergehen!)*, das dem gleichnamigen, posthum erschienenen Gedichtband (1940) entstammt: *si la madre / España cae – digo, es un decir, – / – salid, niños del mundo, id a buscarla! (falls Mutter / Spanien fällt – sage ich, es ist nur so dahingesagt, – / – geht hinaus, Kinder dieser Welt, geht sie suchen!)*

Seite 11

Katalonien, 30. Januar 1939 – Nach der Niederlage der Republikaner in Katalonien am 28. Januar 1939 zogen Tausende von Zivilisten und Soldaten des republikanischen Heeres in Richtung der französischen Grenze.

Seite 12

Guardia de Asalto – Die Guardia de Asalto wurde 1933 als ein bewaffnetes Polizeikorps gegründet. Im Unterschied zur Guardia Civil, der spanischen Gendarmerie, überwog die Zahl der Republik-Sympathisanten jedoch in den Reihen der Guardia de Asalto.

Seite 15

Die stählernen Kompanien – Das sogenannte *Fünfte Regiment* der Kommunisten hatte 1938 besondere Einheiten gegründet: *Die stählernen Kompanien*, die als mustergültige Beispiele für »stählerne Disziplin« galten.

Seite 17

Pablo Iglesias – (El Ferrol 1850 – Madrid 1925), spanischer Politiker und Führer des spanischen Sozialismus; von Beruf Setzer. Er war Gründer der PSOE, der Spanischen Sozialistischen Partei, Mitbegründer der parteinahen Gewerkschaft UGT (*Unión General de Trabajadores*, 1888), sowie Leiter der ab 1886 erscheinenden Zeitung der PSOE *El Socialista*. 1910 bekam er als erster sozialistischer Abgeordneter einen Sitz im spanischen Parlament.

Seite 21

Bourg Madame – Kleiner Ort in Südfrankreich, nahe der spanisch-französischen Grenze. Viele der Flüchtlinge aus Spanien, unter ihnen Max Aub, hielten sich dort für kurze Zeit auf.

Seite 22

Doktor Negrín – Juan Negrín (Las Palmas 1892 – Paris 1956), spanischer Politiker und Arzt. Seit den zwanziger Jahren Mitglied der PSOE (siehe Anm. zu Seite 17) und ab 1931 Abgeordneter. Negrín übernahm im Mai 1937 die Regierung. Er genoß die Unterstützung fast aller republikanischen Kräfte und plädierte 1939 im Unterschied zu Casado (siehe Anmerkung zu Seite 22) für die Weiterführung des Bürgerkrieges bis zu einem würdigen Frieden. Obwohl er und seine Vertrauten sich der Unmöglichkeit eines militärischen Sieges bewußt waren, hofften sie auf den Ausbruch des 2. Weltkrieges und die Unterstützung der Republikaner durch die Alliierten. Nach einem kurzen Aufenthalt in Frankreich traf Negrín am 11. (nicht am 1.) Februar 1939 in Madrid ein, um gemeinsam mit seinen Offizieren das weitere militärische Vorgehen zu besprechen, nachdem mit Katalonien eine der letzten republikanischen Bastionen gefallen war.

Pétain – Philippe Pétain (Cauchy-á-la-Tour 1856 – Port-Joinville, Ile d'Yeu, 1951) französischer Marschall und Politiker, von März 1939 bis Mai 1940 Botschafter Frankreichs in Madrid. Nach der militärischen Niederlage Frankreichs wurde er noch im selben Jahr Chef des Vichy-Regimes, das mit Hitler-Deutschland kollaborierte.

Casado – Segismundo Casado, Oberst im Dienst der Republik. In den letzten Kriegsmonaten (Januar – März 1939) war er der Oberbefehlshaber Madrids. Im Unterschied zu Negín und den Kommunisten war Casado gegen eine Politik des Widerstands um jeden Preis. Um die sinnlose Vernichtung von Menschenleben zu beenden, setzte er sich für Friedensverhandlungen mit Franco und dessen Generalstab ein. Seine Handlungsweise ist zweifellos als ein Ausdruck der hoffnungslosen Situation auf

Seiten der Republikaner ab Anfang 1939 anzusehen. Nach dem Fall Kataloniens organisierte Casado in der Nacht zum 6. März einen Putsch innerhalb des eigenen republikanischen Lagers. Die ohnehin verworrene Situation in den republikanischen Linien wurde durch diesen Bürgerkrieg im Bürgerkrieg außergewöhnlich verschärft. Ein von den Casadisten ernannter *Nationaler Verteidigungsrat* übernahm die Macht und erleichterte letztlich den Franquisten die Übernahme der Hauptstadt.

Seite 23

»Tausende italienischer Offiziere ... Spanien!« – Mussolini hatte Franco während des spanischen Bürgerkriegs mit großen Truppenkontingenten unterstützt.

Seite 34

Fernandel – Fernand Joseph Désiré Constantin (Marseille 1903 – Paris 1971), ein sehr erfolgreicher französischer Schauspieler.

Seite 35

Einheiten der Falange – Die Falange war eine rechtsgerichtete Gruppe von zunächst untergeordneter Bedeutung, die sich stark radikalisierte. Sie wurde 1933 von dem Anwalt José Antonio Primo de Rivera gegründet und schloß sich 1934 mit den JONS *(Juntas de Ofensiva Nacional Sindicalistas)* zusammen. Die neue Partei hieß *Falange Española Tradicionalista (FET) y de las JONS* und bezeichnete sich explizit als nationalistisch, zentralistisch, antimarxistisch, imperialistisch, korporativ, antiliberal und wirtschaftsreformistisch. Seit dem Militäraufstand 1936 unterstützte sie die Franquisten.

Actualidades Nodo – eigentlich: Actualidades UFA, ein deutsch-spanischer Nachrichtendienst, der Filmnachrichten für Kinos produzierte und zugleich ein zentrales Propagandainstrument der Franquisten war. Aub verwechselt hier offenbar eine Abkürzung, die erst nach 1942 im Zuge der Monopolisierung der Presse durch den Staat üblich wurde: die Noticiarios y Documentales, kurz NO-DO.

Seite 36

Legion Condor – Bezeichnung für die Gesamtheit der während des Spanischen Bürgerkriegs auf Seiten Francos eingesetzten deutschen Streitkräfte, insbesondere Luftwaffe und Panzertruppen. Ihre Stärke betrug bis zu 5500 Mann.

Seite 38

Forster – Albert Forster (Fürth 1902 – Polen 1948) trat 1928 der NSDAP bei. 1939 wurde er Gauleiter von Westpreußen und Reichstatthalter von Danzig.

Seite 39

Neville Henderson – Sir Neville Mayrick Henderson (1882 – 1942), britischer Diplomat, von 1937 bis 1939 Botschafter in Berlin.

Chamberlain – Arthur Neville Chamberlain (Edgbaston bei Birmingham 1869 – Heckfield bei Reading 1940), britischer Premierminister von 1937 bis 1940. Er versuchte eine Politik des Einvernehmens mit den faschistischen Regierungen Europas durchzusetzen. Durch die Unterzeichnung des Münchner Abkommens und dem Nachgeben gegenüber den »berechtigten« Forderungen Hitlers (1938) meinte er, einen Krieg verhindern zu können. Spätestens ab dem Bruch des deutsch-britischen Flottenabkommens (April 1939) mußte Chamberlain seine Appeasementpolitik als gescheitert betrachten. Am 25. August 1939 schloß Großbritannien einen Bündnisvertrag mit Polen, das kurz darauf in einem Blitzkrieg von Deutschland besetzt wurde. Mit dem Überfall auf Polen begann der 2. Weltkrieg.

Ribbentrop – Joachim von Ribbentrop (Wesel 1893 – Nürnberg 1946), deutscher Diplomat und Politiker, Mitglied der NSDAP und der SS; ab 1938 Hitlers Außenminister. Ribbentrop war maßgeblich an der Aushandlung des deutsch-sowjetischen Nichtangriffspakts mit geheimen Zusatzprotokoll (Festlegung der beiderseitigen Interessensphären in Osteuropa) beteiligt, der am 23. August 1939 unterzeichnet wurde. Das deutsch-sowjetische Abkommen bildete eine wesentliche Voraussetzung für den Einmarsch Deutschlands in Polen am 1. September 1939.

Vernet d'Ariège – Konzentrationslager im südfranzösischen Département Ariège am Fuß der Pyrenäen. Neben spanischen Repu-

blikanern waren dort auch viele linke Intellektuelle aus den verschiedensten Ländern interniert.
Das Lager war wegen seiner rücksichtslosen, demütigenden Behandlung der Inhaftierten berüchtigt und gefürchtet.

Seite 40

Karpaty – Der ungarische Schuster und Jude Jerzcy Karpaty ist eine Figur in Aubs dichtester literarischer Verarbeitung der Erfahrungen des Konzentrationslagers: *Das Rabenmanuskript* (in: *Der Mann aus Stroh,* Erzählungen, Gatza bei Eichborn 1997).

Seite 42

die Maginot-Linie – Ein zwischen 1929 und 1932 gebautes Befestigungssystem an der französischen Nord-Ost-Grenze; es bestand vor allem aus Festungswerken, Panzerhindernissen und betonierten Stellungen. Es wurde nach dem damals amtierenden französischen Kriegsminister André Maginot benannt.

Seite 55

»Wenn meine Zeit bis dahin nicht abläuft …« – Span.: *Si tan largo me lo fías (So weit schaut Ihr voraus in meine Zukunft?)* Es handelt sich um ein leicht abgewandeltes Zitat aus dem Theaterstück von Tirso de Molina *Don Juan – Der Verführer von Sevilla und der steinerne Gast*, Zweiter Akt: Don Juan im Dialog mit seinem Vater Don Diego.

Seite 57

Desaix – Louis Charles Antoine Des Aix, genannt Desaix (Chateau d'Ayat, nahe Rom, 1768 – Marengo 1800). Offizier der französischen Armee, berühmt für seinen Mut und seine taktische Intelligenz. Er wurde bereits mit 25 Jahren General; Gefolgsmann Napoleons, für den er in Ägypten sowie in Italien kämpfte. Er fiel 1800 in der Schlacht bei Marengo.

Seite 73

ins Mabillon – Berühmtes Pariser Café am Boulevard St. Germain.

des belgischen Pavillons – Gemeint ist der belgische Pavillion auf der Weltausstellung in Paris 1937.

Seite 75

Mantecón – José Ignacio Mantecón, Mitglied der Partei *Izquierda Republicana (Republikanische Linke)* und Sympathisant der Kommunisten. Er wurde im August 1937 zum Gouverneur der drei aragonesischen Provinzen (Zaragoza, Huesca, Teruel) ernannt. Später war er Kommissar der Ost-Armee.

Seite 82

Radványi – László Radványi, jüdischer Kommunist und Intellektueller, studierte Philosophie, Soziologie und Wirtschaftswissenschaften in Heidelberg. Radványi war verheiratet mit der deutschen Schriftstellerin Anna Seghers, eigentlich Netty Radványi, geborene Reiling. Nach der Bücherverbrennung der Nazis 1933 und dem Verbot der Bücher Anna Seghers emigrierte das Paar nach Frankreich. Radványi wurde inhaftiert und 1940 aus Le Vernet entlassen. Die Radványis flüchteten am 24. März 1941 nach Mexiko. 1947 Rückkehr nach Ostberlin.

Galán – Francisco Galán Rodríguez, Mitglied der Kommunistischen Partei, Oberst der repulikanischen Armee; im März 1939 zum General ernannt.

Seite 85

Littorio-Division – Eine der Divisionen Mussolinis, die im spanischen Bürgerkrieg auf Seiten der Nationalisten kämpften. Sie war die einzige, die bis Ende des Krieges ausschließlich aus Italienern bestand.

Seite 100

Aktualitätenkino – Kinos, in denen aktuelle Nachrichten und kurze Dokumentarfilme gezeigt wurden.

Seite 102

bei Koltschaks Leuten – Alexandr Wassiljewitsch Koltschak (1873–1920), russischer Admiral. Während des durch die Machtergreifung der Bolschewisten ausgelösten Bürgerkrieges (1918–1920) war er einer der wichtigsten Politiker und Befehlshaber der sogenannten Weißen (auch Weißgardisten). Er wurde von einem revolutionären Komitee zum Tode verurteilt und hingerichtet.

Seite 106

Präsident Blum – Léon Blum (Paris 1872 – Jouy-en-Josas 1950), Mitbegründer und späterer Generalsekretär der *Parti socialiste francais* (*Sozialistische Partei Frankreichs*, 1902). Als Präsident der Volksfrontregierung (1936/37 und 1938) hatte er bedeutende soziale Reformen durchgeführt und das Verbot der faschistischen Wehrverbände durchgesetzt. Seine Position gegenüber der Spanischen Republik und der Frage einer möglichen Hilfe im Bürgerkrieg war allerdings zwiespältig: Er sympathisierte mit der Republik, sah sich jedoch als Ministerpräsident gezwungen, das Nichteinmischungsabkommen einzuhalten.

Seite 110

Die vier Generäle ... Eseltreiber – *Die vier Eseltreiber* (Span.: *Los cuatro muleros*), ein abgewandeltes Volkslied, das während des spanischen Bürgerkrieges oft gesungenen wurde. In ihm werden die vier wichtigsten Drahtzieher des Militärputsches von 1936 (Sanjurjo, Mola, Queipo de Llano, Franco) lächerlich gemacht.

jota – Eigentlich ein Zwei-Personen-Tanz, bei dem die Tänzer einander gegenüber stehen. Diesen Tanz verbindet man hauptsächlich mit Aragón; er ist allerdings in verschiedenen Varianten auch für andere Gegenden Spaniens typisch.

Seite 116

Paul Reynaud – (Barcelonette 1878 – Paris 1966), wurde nach dem Sturz der Regierung Daladier am 21. März 1940 zum französischen Ministerpräsidenten ernannt; angesichts der Niederlage Frankreichs trat die Regierung Reynaud bereits im Juni zurück. Reynaud wurde während der Zeit des Vichy-Regimes verhaftet und 1942 nach Deutschland ausgeliefert.

Seite 136

Am 19. Juli – ein Tag nach Beginn des spanischen Bürgerkriegs, am 18. Juli 1936.

Seite 137

Wir von der Kommunistischen Jugend – Gemeint sind vermutlich die Mitglieder der 1936 aus der sozialistischen und der kommunistischen Jugendorganisation hervorgegangenen *Juventudes Unificadas (Vereinigte Jugend)*.

Seite 142

Kardinal Soldevila ... Attentat gegen Dato ... Mestre –

Soldevila, Kardinal und Erzbischof von Zaragoza, wurde 1923 Opfer eines Vergeltungsanschlags für die Ermordung des populären Gewerkschaftsführers Salvador Seguí (Barcelona, März 1923).

Eduardo Dato (A Coruña 1856 – Madrid 1921), konservativer Politiker, zum damaligen Zeitpunkt Regierungschef. Er wurde in Madrid, in Reaktion auf die Terrorakte des Gouverneurs von Barcelona, Martínez Anido, auf offener Straße ermordet.

Mestre, konservativer Gouverneur Barcelonas und ähnlich Martínez Anido für die Brutalität seines Vorgehens gegenüber den Arbeitern bekannt. Auch er wurde auf offener Straße in Barcelona erschossen.

Seite 144

General de Gaulle – (Lille 1890 – Colombey-les-deux-Églises 1970), französischer General und Politiker. De Gaulle wurde am 6. Juni 1940 von Paul Reynaud zum Unterstaatssekretär für Nationale Verteidigung berufen. Nach der französischen Kapitulation im Sommer 1940 rief er in einer Rundfunkrede von London aus zur Fortführung des Krieges auf und erklärte sich selbst zum legitimen Repräsentanten Frankreichs. Als Chef an der Spitze des 1940 gegründeten *Comité francais de libération nationale (Französisches Komitee der Nationalen Befreiung)* und schließlich als Oberhaupt der französischen Exilregierung (1943) organisierte er den Widerstand in Frankreich. 1945/46 wurde er als Ministerpräsident bestätigt und zum provisorischen Staatsoberhaupt gewählt.

Seite 145

General Weygand – Maxime Weygand (Brüssel 1867 – Paris 1965), französischer General. Er wurde im Mai 1940 zum Oberbefehlshaber aller französischen Truppen ernannt; von Juni bis September französischer Verteidigungsminister. Unter dem

Vichy-Regime war er bis 1941 Generaldelegierter Pétains in den französischen Kolonien Afrikas.

Seite 153

zwischen Gerona und Figueras – Nach dem Sieg der Franquisten in Katalonien, Ende Januar 1939, setzte eine massive Flucht in Richtung Frankreich ein. Je näher man der französischen Grenze kam, desto dichter bevölkert waren die Straßen; man kam kaum noch vorwärts. Das galt vor allem für die Strecke zwischen den Städten Gerona und Figueras.

Seite 154

Chorizos – spanische Paprikawurst

Seite 155

Geschichte mit dem Belgischen König – Gemeint ist vermutlich, daß nach der Besetzung Belgiens durch deutsche Truppen (1940) der belgische König Leopold III. als Kriegsgefangener in Belgien zurückblieb, während die Regierung sich ins Exil nach London begab. Später wurde Leopold III. Kollaboration mit den Deutschen vorgeworfen.

Seite 169

die Generäle Keitel und Huntziger –

Wilhelm Keitel (Helmscherode 1882 – Nürnberg 1946). Ab 1938 Chef des Oberkommandos der Wehrmacht. Er führte geflissentlich Hitlers Erlasse und Befehle aus. 1940 leitete Keitel die deutsch-französischen Waffenstillstandsverhandlungen. Keitel wurde vom Internationalen Militärtribunal in Nürnberg zum Tode verurteilt.

Charles Huntziger (1880–1941) französischer General, unterzeichnete am 22. Juni 1940 die Kapitulation Frankreichs.

Feldmarschall Badoglio – Pietro Badoglio (1871–1956). Marschall der italienischen Armee; er hatte bei allen wichtigen Militäraktionen Italiens wichtige Positionen inne. Nach Mussolinis Amtsenthebung im Juli 1943 wurde Badoglio Premierminister. Er löste die faschistische Partei auf; seine Regierung ergab sich den Alliierten.

Seite 170

Ta gueule! – Französisch: Halts Maul!

Seite 175

die Sache in Äthiopien, und Laval – Anspielung auf den Abessinienkonflikt 1935; durch ein Abkommen zwischen dem damaligen französischen Außenminister Laval und Mussolini gelang die Besetzung Äthiopiens durch den italienischen General Badoglio.

die Sache in Spanien – Als im Juli 1936 der spanische Bürgerkrieg ausbrach, unterzeichneten die europäischen Staaten ein Nichteinmischungsabkommen, an das sich Frankreich und Großbritannien im Unterschied zu Italien und Deutschland streng hielten.

Seite 176

1870 haben sie sich verteidigt – Nach der Schlacht bei Sédan und der Gefangennahme Napoleons III. während des deutsch-französischen Krieges von 1870/71 riefen die Republikaner Gambetta und Favre im September 1870 in Paris die 3. französische Republik aus. Sie bildeten eine *Regierung der nationalen Verteidigung*, die den Kampf gegen die Deutschen trotz der Niederlage fortsetzte. So organisierte Gambetta die Volksbewaffnung. Beachtliche militärische Erfolge jedoch konnten die endgültige Niederlage nicht verhindern.

Seite 182

CNT – Confederación Nacional del Trabajo, eine anarchistische Gewerkschaft, die 1911 gegründet wurde. Seit 1931 stärkste Gewerkschaft Spaniens mit dem Ziel der Verwirklichung eines freiheitlichen Kommunismus. 1936 war die CNT stärkste politische Kraft in Katalonien.

Seite 204

verlegt ... Transsahariana – Ein Rundschreiben des französischen Innenministeriums kündigte am 23. Februar 1941 die Verlegung von mehr als 2000 ›rebellischen‹ Gefangenen nach Nordafrika an. Ferner wurden von November 1941 bis April 1942 1500 Internierte, die meisten von ihnen aus dem Konzentrationslager

Le Vernet d'Ariège, nach Nordafrika gebracht. Die meisten französischen Kommunisten und spanischen Republikaner wurden nach Djelfa, Algerien, geschickt, um unter unmenschlichen Bedingungen an der Transsaharianischen Eisenbahn zu arbeiten. Max Aub war einer von ihnen.

Eine europäische Tragödie

Nachwort zu Max Aubs
Am Ende der Flucht

»Es handelt sich um einen Irrtum!« beteuern Jules und Marie gebetsmühlenartig vor Lagerleitung und Kommissaren. Die schlichte Verwechslung zweier ungarischer Brüder, beide seit zwanzig Jahren in Frankreich zu Hause, der eine unpolitischer Kleinbürger, der andere engagierter Verteidiger der spanischen Republik, hat Jules ins Räderwerk des Polizeiapparats gezogen, mit tödlichem Ausgang. Aber bevor er stirbt, korrigiert er noch seine frühere Lebensmaxime, wonach das kleine private Glück – »Maulwurfsglück« nennt es sein Bruder Jean – allemal wichtiger ist als große Politik mit ihren großen Begiffen: »Früher war Freiheit für mich ein Wort wie viele andere. Erst jetzt habe ich erfahren, was die Freiheit ist, und das habe ich dort gelernt, wo es keine gibt«, und zwar ausgerechnet in der dunklen Arrestzelle des Konzentrationslagers von Vernet. Anfangs ist Jules ein »Idiot« im ursprünglichen Wortsinn, ein Mensch, der sich nicht für die Regierung seines Landes interessiert, und am Ende fragt er scheu, ob ihn die Entdeckung, »daß man nicht leben kann, ohne an die anderen zu denken«, schon zum Revolutionär macht.

In *Am Ende der Flucht* führt Max Aub seine Hauptfiguren Jules und Marie auf den exemplarischen Weg vom apolitischen Kleinbürger zum solidarisch denkenden Citoyen. Sie gehen ihn stellvertretend für Frankreich, von dem Aub sich schon viel früher eine solche Läuterung gewünscht hätte: Denn Spanien, seine Wahlheimat, war das erste Opfer jener

Unfähigkeit der westlichen Demokratien geworden, dem Faschismus schon in den dreißiger Jahren entschlossen entgegenzutreten. Stattdessen *Appeasement* gegenüber Hitler und Nicht-Einmischung in den Spanischen Bürgerkrieg, politische Maximen desselben Grundmusters, nach dem Jules und Marie anfangs ihr Leben ausrichten. Darum die Verknüpfung der (privaten) Geschichte Jules' und Maries mit der (politischen) des Spanischen Bürgerkriegs: »Als würden wir zwischen Gerona und Figueras stecken«, sagt Villanueva, als der Gefangenentransport in einem südfranzösischen Dorf feststeckt. Der Satz ruft die Szenen der nach Frankreich fliehenden Spanier ins Gedächtnis, mit denen *Am Ende der Flucht* beginnt, und wie diese Eingangsszenen das den Franzosen drohende Schicksal vorwegnehmen, verstand Aub den Spanischen Bürgerkieg als europäisches Vorspiel zum Zweiten Weltkrieg.

Aubs Enttäuschung über die Politik Frankreichs, dem Heimatland seiner Mutter und seiner eigenen Kindheit, muß maßlos gewesen sein, dennoch ist das politische und moralische Versagen der *Grande Nation* nicht sein eigentliches Thema. Vielmehr geht es ihm darum, die zersetzende Wirkung des Faschismus auf die Grundregeln menschlichen Zusammenlebens darzustellen, »dieses polizeistaatliche Klima des Mißtrauens, das der Faschismus in die Welt gebracht hat ... diese fürchterliche Unsicherheit, was die elementarsten menschlichen Grundregeln noch wert sind«, wie er es in dem Theaterstück *Der Raub der Europa* formuliert. Aub dekliniert die Zersetzung moralischer Maximen zunächst in der Alltagswelt durch, dann unter dem Brennglas der Lebensumstände im Lager: So sehen wir Jules, der sich wegen seines ausländischen Akzents nicht mehr laut zu reden traut, Marie, der nach der Festnahme ihres Mannes von der Concièrge nahegelegt wird, lieber auszuziehen. Unter dem Eindruck der äußeren Bedrohung sind die Festgenommenen (die keiner kennt, die niemand mit eigenen Augen sieht) für Volkes Stimme Fremdkörper, die es auszumerzen gilt. Sie sind schlicht »Faschisten und Juden«, wie eine alte Frau sagt, und das antwortende Kind ist ungefiltertes Echo des Volkswillens: »Warum töten sie sie nicht?« In diesem Klima, in dem der Obrigkeit selbst anonyme Denunziationen willkommen sind, lassen sich Nebenbuhler, Schuldner, Konkurrenten leicht aus dem Weg schaffen. Und in der Welt des Lagers gelten moralische Regeln gar nichts mehr: Es ist eine Welt der Dezimierung Gefangener in Gewaltmärschen, des Sadismus' der Wachmannschaften, der Unterschlagung von Hilfsgütern; der Spitzelei unter den Gefangenen, der Lügen, des Verrats. Beides, das ausländerfeindliche Klima wie die Hölle der Inhaftierung, hat Aub am eigenen Leib erlebt. Eine Denunziation – er sei Kommunist – brachte ihn im Sommer 1940 ins Stadion Roland Garros (auf dessen Centre Court noch heute das Finale der French Open ausgetragen wird) und danach ins südfranzösische Konzentrationslager von Vernet, wo viele antifaschistische Intellektuelle – etwa Rudolf Leonhard und Gustav Regler, Kurt Löwenthal und Friedrich Wolf, um einige Deutsche zu nennen – und Spanienkämpfer unter bestialischen Bedingungen inhaftiert waren.

Diese äußeren Umstände sind es, denen sich die Hauptfiguren Jules, Marie und im Hintergrund Jean ausgesetzt sehen. Interessanterweise basiert der Spannungsbogen des Buches nicht auf den durchaus denkbaren Reibungen zwischen ihnen: Die Diskussionen zwischen Jules und seinem Bruder werden nicht geführt, sondern nur knapp erinnert, die politische Reifung Maries und Jules' vollzieht sich getrennt voneinander, und die denkbare Zuspitzung der Handlung, daß die politisch schnell reifende Marie noch einmal neu zwischen den Brüdern wählt, bleibt unausgeführt. Motor der Handlung ist vielmehr die Konfrontation der Figuren mit dem politischen Aberwitz der Jahre 1940/41.

Darum um sie herum das reiche Figurenensemble aus meist politisch Verfolgten, für die die Situation mindestens so absurd ist wie für den fälschlich inhaftierten Jules: In Frankreich suchten sie Zuflucht vor Hitler, und unter der Drohung Hitlers wurden sie ausgerechnet in Frankreich als Antifaschisten inhaftiert.

Max Aub bezeichnet *Am Ende der Flucht* als eine Art Zwitter zwischen Roman und Kino. Die wechselseitige Befruchtung der Genres verstand er als die große ästhetische Herausforderung seiner Zeit, und das Kino war für ihn wie für viele andere Schriftsteller des 20. Jahrhunderts eine prägende Erfahrung. Der Stummfilm der 20er Jahre faszinierte den jungen Aub nicht nur, er formte auch sein Selbstverständnis als Autor avantgardistischer Theaterstücke, der in diesen Jahren seine ersten Werke veröffentlichte. Den Tonfilm erlebte er schon nicht mehr nur als Zuschauer, sondern als Mitwirkender und aus nächster Nähe: 1938/1939 war er als Assistent von André Malraux an den Dreharbeiten zu dem Bürgerkriegsfilm *L'Espoir* beteiligt. Aub schrieb mit am Drehbuch, übersetzte es ins Spanische und koordinierte die Dreharbeiten, die unter schwierigen Umständen im republikanischen Spanien hinter der Front stattfanden; im Januar 1939 mußte das Filmteam mit den von Franco geschlagenen Truppen überstürzt nach Frankreich fliehen und den Film dort fertigstellen. Aus dieser Erfahrung konnte er schöpfen, als er 1942, nach zwei Jahren Odyssee durch französische Gefängnisse und Konzentrationslager, als mittelloser Emigrant in Mexiko ankam und sich seinen Lebensunterhalt verdienen mußte. In den folgenden Jahren schrieb Aub Drehbücher, unter anderem für *Die Vergessenen* seines Freundes Luis Buñuel, und arbeitete als Dozent für Filmgeschichte und -technik am Filminstitut der *Autonomen Universität von Mexiko* (UNAM). Später wurde er Direktor des Universitätsfernsehens und Mitglied der Jury bei den Filmfestspielen von Cannes (1964 und 1965).

So wundert es nicht, daß Aub das Thema des Spanischen Bürgerkrieges nicht nur in Romanen, Erzählungen und Theaterstücken verarbeitete, sondern auch im Film, und das schon sehr früh. Zwar erschien *Am Ende der Flucht* (Originaltitel *Campo francés*, wörtlich *Französisches Lager*) erst 1965 in Buchform, der Text entstand aber bereits 1941/1942, also beinahe zeitgleich mit den ersten Romanen des *Magischen Labyrinths*. Eine nicht erhaltene Fassung für ein Drehbuch über die Republikaner in den französischen Lagern hatte Aub 1941 geschrieben, als er aus dem Konzentrationslager von Vernet entlassen worden war und mit Unterstützung der mexikanischen Botschaft – die ihm zu seinem Schutz den nicht existierenden Titel des Presseattachees zuerkannte – in Marseille lebte. Doch die Vichy-Regierung verstärkte ihre Repressalien gegen unliebsame Ausländer, mehrmals wurde Aub verhaftet und schließlich im Herbst 1941 nach Algerien überführt, wo er in einem Gefangenenlager in der Wüste am Bau der Transsahara-Eisenbahn arbeitete. Bei der Überfahrt an Bord eines Frachtschiffes, das sonst als Viehtransporter diente, ging der Koffer mit seinen Manuskripten verloren. Ein knappes Jahr später, im Juli 1942, konnte er aus dem Lager von Djelfa (Algerien) entkommen, sich nach Casablanca durchschlagen und im September nach Veracruz einschiffen. Während der dreiwöchigen Überfahrt reduziert er – »in einer Phase der Verzeiflung«, wie er im Vorwort sagt – das bisher zum Thema erarbeitete Material zu einem Theaterstück: *Morir por cerrar los ojos (Sterben, weil man die Augen verschließt)*, das 1944 in Mexiko erscheint.

Doch mit der Veröffentlichung des Theaterstücks ist das Thema für ihn längst nicht abgeschlossen. Aus Aubs Korrespondenz läßt sich rekonstruieren, daß ein großer Roman des *Magischen Labyrinths* – der Arbeitstitel lautete entsprechend dem Muster der anderen Titel *Campo Africano (Afrikanisches Lager)* – vom Schicksal der europäischen Antifaschisten in den französischen Lagern handeln sollte. Mehrere Erzählungen, etwa *Der Friedhof von Djelfa* oder *Das Rabenmanuskript – Jacobos Geschichte* (in: *Der Mann aus Stroh, Erzählungen*, Gatza bei Eichborn 1997) und der Gedichtband *Tagebuch aus Djelfa* verarbeiten Aubs eigene, exemplarische Erfahrung, »am Ende der Flucht« ausgerechnet im demokratischen Frankreich inhaftiert zu werden. Doch das Romanprojekt gab Aub 1964 auf – er war inzwischen über sechzig Jahre alt, hatte gesundheitliche Probleme und wollte sich darauf konzentrieren, den Roman *Bittere Mandeln* fertigzustellen, den letzten Band des *Magischen Labyrinths*, für den er seit Mitte der 50er Jahre recherchierte. So erschien dann 1965 *Am Ende der Flucht* in der vorliegenden Form im Pariser Exilverlag Ruedo Ibérico, üppig illustriert mit historischen Aufnahmen der zeitgeschichtlichen Protagonisten (Hitler, Churchill, Pétain etc.), der Schauplätze und Ereignisse (Kriegsszenen, Lageransichten, Fotos von politische Konferenzen etc.).

Vergleicht man das Theaterstück *Sterben, weil man die Augen verschließt* und *Am Ende der Flucht*, so fallen zunächst die Unterschiede auf, die den jeweiligen Grenzen und Möglichkeiten von Film und Theater geschuldet sind: Im Theaterstück ist die Zahl der Nebenfiguren reduziert, während die Repliken der einzelnen Figuren im Schnitt länger sind. Daneben betonen leichte Veränderungen in der Vita der Figuren den moralischen Konflikt des Einzelnen, der glaubt, wenn er sich aus der Politik heraushalte, würde sich die Politik aus seinem Leben heraushalten: So sind im Theaterstück die beiden Brüder in Frankreich aufgewachsene Spanier (keine Ungarn), was Jules'/Julios Desinteresse am Schicksal der spanischen Republik noch stärker angreifbar macht. Dafür stirbt er als Anführer eines (kollektiven)

Lageraufstandes und nicht bei einem individuellen Fluchtversuch wie in *Am Ende der Flucht*. Beiden Versionen gemeinsam ist, daß die Handlung sich aus der Konfrontation der Figuren mit der sich überschlagenden politischen Entwicklung speist – im Buch eingeholt durch die oftmals absurden Lebensläufe der Lagerinsassen, in Radiomeldungen, Zeitungsschlagzeilen und skizzierten Filmsequenzen. Nicht nur in diesen literarischen Collagetechniken und der verschlungenen Publikationsgeschichte erinnert *Am Ende der Flucht* an Karl Kraus' *Die letzten Tage der Menschheit*: Beide Bücher versuchen, mit der Schilderung aberwitziger menschlicher und politischer Deformationen den existentiellen Horror zu bannen, der Kraus während des Ersten Weltkrieges, Aub während des Zweiten in die Knochen gefahren war. Für beide ein Stoff, der sich ruhig ordnender Darstellung widersetzt, der Schlaglichter, Dialogfetzen, szenische Knappheit fordert.

Auch wenn die äußere Form von *Am Ende der Flucht* mehr Ähnlichkeiten mit einem szenischen Text aufweist, der Unterschied zu den anderen Romanen Max Aubs ist so groß nicht. In *Die Stunde des Verrats* etwa oder in *Bittere Mandeln* überwiegen die Dialoge deutlich gegenüber den beschreibenden Passagen, und streckenweise werden die Dialoge wie in einem Theaterstück durch Nennung der Sprecher angeordnet; die erzählenden Abschnitte werden immer knapper und ähneln zunehmend Szenenanweisungen. Aub beherrscht die in dieser Form vorexerzierte Kunst, Handlung in Dialogen erfahrbar zu machen, weil seine schriftstellerische Karriere von Beginn an von einer besonderen Leidenschaft fürs Theater lebte. Seine ersten Veröffentlichungen in den 20er Jahren waren Einakter, insgesamt hat er über 40 Theaterstücke geschrieben. In den 30er Jahren leitete er in Valencia das Studententheater »El Búho«, das wie Federico García Lorcas studentische Wanderbühne »La Barraca«

ein Baustein der neuen republikanischen Volksbildung war; in die Beschreibung der Theatergruppe »El Retablo«, die in *Theater der Hoffnung*, dem zweiten Band des *Magischen Labyrinths*, eine wichtige Rolle spielt, floß diese Erfahrung Aubs als Leiter einer Theatergruppe am deutlichsten ein. Doch Aub schrieb und organisierte nicht nur, er beschäftigte sich auch mit theoretischen Fragen, verfaßte theatergeschichtliche Essays und Literaturgeschichten und lehrte in Mexiko Theatergeschichte. Diese Liebe zum Theater, das ja in ganz anderer Weise als der Roman vom direkten Kontakt zum Publikum abhängig ist, blieb durch das Exil zur Unfruchbarkeit verdammt: Von seinem spanischen Publikum war Aub abgeschnitten, und zu seinen Lebzeiten wurden seine Stücke erst spät und allenfalls auf kleinen Studiobühnen aufgeführt; bitter beklagte er sich darüber, in spanischen Literaturgeschichten als Theaterautor völlig ignoriert zu werden. Einen Ausweg aus dieser Situation fand er in der Übertragung des szenischen Schreibens in den Roman, in der Auflösung von Genregrenzen wie in *Am Ende der Flucht*.

Es ist also nicht nur diese formale Besonderheit, mit der *Am Ende der Flucht* aus dem Ensemble der sechs Bände des *Magischen Labyrinths* heraussticht, sondern auch der politisch-historische Hintergrund: Das Buch ist gewissermaßen der Roman über den internationalen Rahmen des Großen Spanischen Krieges, wie Aub ihn nennt. Anders als in den anderen Bänden stehen nicht die innerspanischen Verwerfungen im Mittelpunkt der Handlung, sondern die europäischen. In diesem Sinne schildert *Am Ende der Flucht* die Tragödie des europäischen Bürgertums, das um des lieben Frieden willens seine Freiheit opferte, und das sterben mußte, weil es vor dem Faschismus die Augen verschloß.

Albrecht Buschmann
Mercedes Figueras

SERIE PIPER

Max Aub

Die Stunde des Verrats

Das magische Labyrinth IV. Roman. Aus dem Spanischen von Albrecht Buschmann und Stefanie Gerhold. Herausgegeben und kommentiert von Mercedes Figueras. 367 Seiten. Serie Piper

Im März 1939 gerät in Madrid die Welt aus den Fugen: Das Chaos in der Stadt ist unvorstellbar. Fast jeder wird zum Schuldigen oder zum Verräter, die Republikaner zerfleischen sich gegenseitig – keiner kann dem anderen mehr vertrauen. Trauer, Schrecken, Grausamkeiten, Liebe: Max Aub setzt die dramatische Lage eindringlich in Szene – ein authentisches Panorama der letzten Tage des republikanischen Madrid.

»Der Ruhm dieses Findlings der Weltliteratur hat sich bislang lautlos verbreitet – die deutsche Ausgabe wird dazu beitragen, daß er weiter wächst.«
Der Spiegel

05/1543/01/L

Sándor Márai

Die jungen Rebellen

Roman. Aus dem Ungarischen von Ernö Zeltner. 278 Seiten. Serie Piper

Das rebellische Aufbegehren einer Clique von vier Heranwachsenden, die sich dem Erwachsenwerden verweigern, verschränkt mit der melancholischen Stimmung einer Epoche des Umbruchs – das ist das Thema von Sándor Márais frühem, autobiographisch geprägtem Roman aus dem Jahr 1929. Während ihre Väter an der Front sind, ziehen sich die jungen Männer in ihre eigene Welt zurück, bis Mißtrauen, Eifersucht, Fatalismus und Resignation sie unwiederbringlich ins Leben hinaustreiben.

»Márai zeichnet dieses Porträt in einer wunderbaren Mischung aus grausigem Realismus der Kriegs- und Poesie der Traumbilder. Ineinander geschoben und durch Bilder von skurrilen Nebenfiguren ergänzt, treffen sie genau jene Gefühlswirren, denen sich die Rebellen über kurze Zeit hingeben.«
Neue Luzerner Zeitung

05/1549/01/R

»Ein Tolstoi, Balzac oder Pérez Galdos unserer Tage.«

Die Welt

Max Aub
Bittere Mandeln
Das Magische Labyrinth VI
Aus dem Spanischen
von Albrecht Buschmann
und Stefanie Gerhold
Herausgegeben und kommentiert
von Mercedes Figueras
816 Seiten · Leinen mit SU
€ 34,90 (D) · sFr 63,–
ISBN 3-8218-0669-9

Dreißigtausend Flüchtlinge strömen im März 1939 in die spanische Hafenstadt Alicante, in der Hoffnung, dort von ausländischen Schiffen aufgenommen und vor Francos Faschisten gerettet zu werden. Doch nur ein einziges Schiff nimmt einige wenige Passagiere auf. Für alle anderen wird Alicante zur verhängnisvollen Sackgasse. Im Hafen herrscht eine Atmosphäre völliger Auflösung. Vicente Dalmases ist einer der Privilegierten – doch er ist nicht nur gekommen, um sein Leben zu retten, er will auch seine junge Frau finden, die sich irgendwo in der verzweifelten Menschenmenge am Hafen befinden soll. Kurz vor der Abfahrt verzichtet Vicente auf das sichere Schiff, mischt sich in die Menge und macht sich auf die Suche …

»Die deutsche Gesamtausgabe des *Magischen Labyrinths* ist eine vorbildliche Edition, besser als jede verfügbare spanische Ausgabe.« (*Paul Ingendaay, Frankfurter Allgemeine Zeitung*)